大唐狄公探案全译
高罗佩绣像本

大唐狄公探案全译·高罗佩绣像本
黄禄善/主编

漆画屏风奇案

THE LACQUER SCREEN

〔荷兰〕

高罗佩/著
By Robert Van Gulik

黄禄善/译

山西出版传媒集团　北岳文艺出版社
- 太原 -

图书在版编目（CIP）数据

漆画屏风奇案 /（荷）高罗佩著；黄禄善译 . — 太原：
北岳文艺出版社，2018.1(2018.9 重印)
（大唐狄公探案全译：高罗佩绣像本 / 黄禄善主编）
ISBN 978-7-5378-5467-2

Ⅰ . ①漆… Ⅱ . ①高… ②黄… Ⅲ . ①侦探小说－荷
兰－现代 Ⅳ . ① I563.45

中国版本图书馆CIP数据核字（2017）第 299015 号

书名：漆画屏风奇案	策　划：续小强	责任编辑：韩玉峰
著者：〔荷〕高罗佩	项目统筹：贾晋仁	书籍设计：张永文
译者：黄禄善	庞咏平	印装监制：巩　璠

出版发行：山西出版传媒集团·北岳文艺出版社
地址：山西省太原市并州南路 57 号　邮编：030012
电话：0351-5628696（发行部）0351-5628688（总编室）　传真：0351-5628680
网址：http://www.bywy.com　E-mail：bywycbs@163.com
经销商：新华书店　承印者：山西人民印刷有限责任公司
开本：890mm×1240mm　1/32　字数：140 千字
印张：6.5　版次：2018 年 1 月第 1 版　印次：2018 年 9 月山西第 2 次印刷
书号：ISBN 978-7-5378-5467-2
定价：23.80 元

本书版权为本社独家所有，未经本社同意不得转载、摘编或复制

出版前言

《狄公案》是中国众多公案小说之一种，但是，随着高罗佩20世纪40年代对《武则天四大奇案》的译介以及之后"狄公探案小说系列"的成功出版，"狄公"这一形象不仅风靡西方世界，也使中国读者看到"中国古代犯罪小说中蕴含着大量可供发展为侦探小说和神秘故事的原始素材"，认识到"神探狄仁杰"，"虽未有指纹摄影以及其他新学之技，其访案之细、破案之神，却不亚于福尔摩斯也"。在西方对中国总体评价趋于负面的20世纪50年代，"狄公探案小说"不仅满足了普通西方读者了解古代中国社会生活的愿望，也在一定程度上让西方世界重新认识了传统中国，扭转了西方人眼中古代中国"落后""野蛮"的印象。从这个意义上来看，高罗佩对传播中国文化着实做出了很大的贡献，因此学界给予他很高的评价，将其与理雅各、伯希和、高本汉、李约瑟等知名学者并列为"华风西渐"的代表人士。

高罗佩是20世纪最为著名的汉学家之一，其语言天赋惊人，汉学造诣"在现代中国人之中亦属罕有"。高罗佩"狄公探案小说"的背景是久远的初唐社会，但讲述方式却是现代的，中国传统文化被润化在小说的情境中，服饰、器物、绘画、雕塑、建筑等中国元素以及其中所蕴含的中国文化，在不经意间缓缓流动着，构成一幅丰富多彩的中国图画，没有丝毫的隔膜感。小说创作的灵感来源于公案小说,但叙事却完全是西方推理小说的叙事。在整个案件的推演、勘察过程中,读者一直是不自觉地被带入情境中,抽丝剥茧,直到最终找出答案。这种互动式、体验式的交流方式,是高罗佩探案小说的成功之处,也是至今仍为广大读者喜爱的原因之一。

为了让读者能原汁原味地读到高罗佩"狄公探案小说",体味到高罗佩笔下的中国文化和社会,我社邀请著名西方通俗文学研究大家黄禄善教授组织翻译了这套"大唐狄公探案全译·高罗佩绣像本",以飨读者。

我社推出的"大唐狄公探案全译·高罗佩绣像本"以忠实原著为原则,译文更贴近于读者的阅读习惯,且完整保留了高罗佩探案小说创作的脉络,力图打造一套完整的"高罗佩探案小说"全译本。

"大唐狄公探案全译·高罗佩绣像本"共计十六册(包括十四部长篇,两部中篇,八部短篇),其中收入了高罗佩手绘的地图及小说插图一百八十余幅。书中的插图仿照的是16世纪版画的风格特点,特别是明代《列女传》中的形象。因此,插图中人物的服饰以及风俗习惯均反映的是明代特征,而非唐代。此外,小说中涉及大量唐代官职、古代地名等信息,虽经译者考证并谨慎给出译名,但仍有存疑之处,敬请方家指正。

愿我们的这些努力,能使这套"大唐狄公探案全译·高罗佩绣像本"成为喜爱高罗佩的读者们所追寻的珍藏版本。

北岳文艺出版社
2018年1月

导言

一

20世纪与21世纪之交,西方通俗文学界一个令人瞩目的现象是历史侦探小说(historical detective fiction)的崛起。当时西方的许多主流媒体,如《纽约时报》《华尔街日报》《泰晤士报》《卫报》等等,连篇累牍地报道这类小说获奖的信息,有关小说的介绍、评论汗牛充栋。这些获奖作品的背景多半设置在一个历史久远的年代,中心情节是破解一个与谋杀有关的谜案,作者大都为历史学、考古学的专业人士,爱好文学创作。譬如保罗·多尔蒂(Paul Doherty, 1946—),当代英国著名历史学家,20世纪80年代末开始历史侦探小说创作,迄今已出版了八十多部以古希腊、古罗马、古埃及和中世纪英格兰为背景的侦探小说,其中《叛逆的幽灵》(*The Treason of the Ghosts*)被《泰晤士报》列为2000年最佳犯罪小说。又如琳达·罗宾逊(Lynda Robinson, 1951—),毕业于得克萨斯大学考古专业,擅长中东史和美国史研究,后在丈夫的鼓励下进行历史侦探小说创作,处女作《死神谋杀案》(*Murder in the Place of Anubis*, 1994)一问世即荣登"纽约时报畅销书排行榜",接下来的十多本小说也一版再版,畅销不衰。再如加里·科比(Gary Corby, 1963—),澳大利亚历史侦探小说创作新秀,尽管作品数量不算太多,但已是2008年"柯南·道尔奖"得主,2010年问世的《伯里克利政体》(*The Pericles Commission*)又获"内德·凯利奖"(Ned Kelly Award)。凡此种种,正如《出版人周刊》2010年一篇评论所指出的:"过去的十年目睹了历史侦探小说的数量和质量的爆炸。以前从未有过如此多的天才作家出版如此多的历史侦探小说,作品涵盖的历史年代和案发地点也从未如此宽泛。"[1]

不过,西方历史侦探小说的诞生并非从这个世纪之交开始。早在1911年,在美国作家梅尔维尔·波斯特(Melville Post, 1869—1930)的短篇小说《上帝的天使》(*The Angel of the Lord*),就出现过一个历史年代的业余侦探"阿布勒大叔"(Uncle Abner);他生活在古老的弗吉尼亚边疆,是个牧场工人,和蔼、睿智的中年人,依靠圣经的道德标准和美国的法律精神破案。《上帝的天使》很快被扩充为拥有二十六个故事的侦探小说集《阿布勒大叔:破案高手》(*Uncle Abner, Master Mysteries*, 1918)。到了1943年,美国作家利莲·托雷(Lillian de la Torre, 1902—1993)又发表了以历史人物塞缪尔·约翰逊(Samuel Johnson)为侦探主角的短篇小说《英格兰国玺》(*The Great Seal of England*),她同样将该短篇小说扩充为有多个故事的侦探小说集《萨姆博士:约翰逊侦探》(*Dr. Sam: Johnson, Detector*, 1948)。在这之后,西方目睹了历史侦探小说的高速发展。一方面,英国作家阿加莎·克里斯蒂(Agatha Christie, 1890—1976)出版了古埃及背景的长

---

[1] Lenny Picker. *Mysteries of History*, Publishers Weekly, March 3, 2010.

篇历史侦探小说《死亡终局》（*Death Comes as the End*, 1944）；另一方面，美国作家约翰·卡尔（John Carr, 1906—1977）又出版了拿破仑战争题材的长篇历史侦探小说《狱中新娘》（*The Bride of Newgate*, 1950）；与此同时，荷兰外交家、汉学家、收藏家、作家高罗佩（Robert van Gulik, 1910—1967）还推出了基于中国公案小说传统的系列历史侦探小说"狄公探案"（*Judge Dee series*）。这些单本的、系列的历史侦探小说的问世，为当代西方历史侦探小说的全面崛起做了有益的铺垫，尤其是"狄公探案"，采用长、中、短三种小说形式，数量多达十六卷，在东、西方均产生了持久的轰动效应，被认为是早期西方历史侦探小说的成功"范例"。[1]

"狄公探案"系列历史侦探小说始于1949年高罗佩的一本中国公案小说译作《狄公断案精粹》（*Celebrated Cases of Judge Dee*）。故事的侦探主角狄公（Judge Dee）在中国历史上实有其人。他名叫狄仁杰，生活在唐朝（618—907），一生为官，两次出任宰相，是所谓的青天大老爷。有关他廉洁自律、为民请命、秉公办案的故事很早就在民间流传。到了清朝末年，一位无名氏将这些民间故事整理成长篇公案小说《武则天四大奇案》（亦名《狄公案》或《狄梁公四大奇案》）。高罗佩在中国任外交官期间，对该书产生了浓厚的兴趣。他在进行了详细考据之后，将其中基本符合西方侦探小说传统的前三十回翻译成英文出版。之后，又亲自出马，尝试创作了以狄公为侦探主角的历史侦探小说《迷宫奇案》（*The Chinese Maze Murders*, 1952）。该历史侦探小说出版后，居然是本畅销书。从此，高罗佩一发不可收拾，先后接受芝加哥

---

[1] Carl Rollyson. *Critical Survey of Mystery and Detective Fiction*, Revised Edition. Salem Press, INC, printed in USA, 2008, p.1783.

大学出版社及其他图书出版公司的稿约，继续创作了十五卷狄公案历史侦探小说。它们是：《铜钟谜案》（*The Chinese Bell Murders*, 1958）、《黄金谜案》（*The Chinese Gold Murder*, 1959）、《湖滨谜案》（*The Chinese Lake Murders*, 1960）、《铁针谜案》（*The Chinese Nail Murders*, 1961）、《红阁子奇案》（*The Red Pavilion*, 1964）、《朝云观奇案》（*The Haunted Monastery*, 1961）、《御珠奇案》（*The Emperor's Pearl*, 1963）、《漆画屏风奇案》（*The Lacquer Screen*, 1962）、《晨猴·暮虎》（*The Monkey and the Tiger*, 1965）、《柳园图奇案》（*The Willow Pattern*, 1965）、《广州谜案》（*Murder in Canton*, 1966）、《紫云寺奇案》（*The Phantom of the Temple*, 1966）、《太子棺奇案》（*Judge Dee at Work*, 1967）、《项链·葫芦》（*Necklace and Calabash*, 1967）、《黑狐奇案》（*Poets and Murder*, 1968）。这些"奇案""谜案"也全是畅销书，不断再版、重印，直至2014年，还有麦克法兰图书出版公司（McFarland）的新版本出现。

  与此同时，"狄公探案"系列小说的影响又渐渐从美国、英国、加拿大、澳大利亚、新西兰延伸到法国、德国、西班牙、荷兰、瑞典、芬兰、日本和中国。1982年，甘肃人民出版社率先在中国推出了陈来元、胡明翻译的《四漆屏》（*The Lacquer Screen*）。紧接着，中原农民出版社、北方妇女儿童出版社、北岳文艺出版社、中国电影出版社、海南出版社、贵州大学出版社也各自推出了这样那样的狄公案全译本和节译本。各种各样的续集、改写本也不断涌现。"狄公探案"被多次搬上银幕，仅在中国大陆，就有电影《血溅画屏》（1986）、《恐怖夜》（1988）、《奇屏谜案》（2009），电视连续剧《狄仁杰断案传奇》（64集，1986）、《神探狄仁杰Ⅰ》（30集，2004）、《神探狄仁杰

Ⅱ》(40集,2006)、《神探狄仁杰Ⅲ》(48集,2008)、《神探狄仁杰Ⅳ》(50集,2013)。

二

作为早期西方历史侦探小说创作的一个成功范例,"狄公探案"小说系列展示了这一小说类型的诸多特征。首先,它是侦探小说,遵循侦探小说之父爱伦·坡(Allan Poe, 1809—1849)的"破案解谜六步曲",亦即介绍侦探、展示犯罪线索、调查案情、公布调查结果、解释案情发生的原因和经过、罪犯的服输和认罪。其次,它又是历史小说,涵盖了历史小说之父沃尔特·司各特(Walter Scott, 1771—1832)所创立的大部分市场要素,如异国情调、哥特式气氛、英雄主义、骑士精神等等。而且,其作者本人,也像上面提到的许多当代历史侦探小说的作者一样,是个精通历史学、考古学的专业人士,只不过专业研究的对象,并非众人趋之若鹜的古希腊、古罗马或中世纪欧洲文明,而是当时并不被看好且有点冷僻的东方语言文化。

高罗佩,原名罗伯特·范·古利克,1910年8月9日生于荷兰聚特芬(Zutphen)。父亲是个医生,曾先后两次在荷属东印度(Netherland East Indies,今印度尼西亚)服役。自小,高罗佩随父母侨居在殖民地,在当地学习汉语、爪哇语和马来语,由此对亚洲文化,尤其是中国文化产生了浓厚的兴趣。1923年,父亲退役后,高罗佩随全家回到荷兰,定居在奈梅亨(Nijmegen)。1929年,高罗佩从奈梅亨市立中学毕业,入读莱顿大学,主修东方殖民法律和(荷属东)印度学,以及中日语言文学,后又到乌特勒支大学深造,学习现当代中国史以及藏文和梵文,并以论文《马头明王诸说源流考》(*Hayagriva, the Mantrayanic Aspect of Horse-cult in China and Japan*)获得东方语言学博士学位。高罗佩的语言才能和专业知识很快得到回报。1935年,他被荷兰外交部录用为助理翻译,并被派驻东京,任荷兰驻日公使馆二等秘书。1941年,太平洋战争爆发,荷兰成为日本的对立面,高罗佩与其他同盟国的外交人员一道被遣离日本。1943年3月,他从印度加尔各答来到中国重庆,与那里的荷兰使馆人员会合,出任荷兰政府驻重庆大使馆一等秘书。其间,他结识了同在大使馆秘书处工作的中国名媛水世芳,两人结为伉俪,先后育有三子一女。战争结束后,高罗佩离开中国回到海牙,出任荷兰外交部政务司远东处处长,一年后又去了美国,任荷兰驻美使馆顾问。1948年,他被任命为荷兰驻日本东京军事代表处顾问,1951年又离开东京前往新德里,任荷兰驻印度大使馆文化参赞。1953年,他再次被召回,任外交部中东暨非洲事务司司长。1956年至1959年,高罗佩担任荷兰驻黎巴嫩全权代表,1959年至1962年又担任荷兰驻马来西亚大使。1965年,他作为驻日大使第三次被派驻东京。任上,他被诊断出患了肺癌,不得不返国治病。1967年9月24日,他在海牙辞世,享年五十七岁。

高罗佩一生以外交官为职业,辗转海牙、东京、重庆、南京、华盛顿、新德里、贝鲁特、吉隆坡等地,工作异常繁忙。尽管如此,他还是不忘初衷,挤出时间从事自己所喜爱的东方语言文化研究。他的研究兴趣很广,琴棋书画、小说戏曲无所不包,而且成果颇丰,几乎每隔一至两年就出版一本书。1941年由日本上智大学出版的《琴道》(*The Lore of the Chinese Lute*)是西方第一本系统介绍中国古琴的专著。在书中,高罗佩基于大量中国古代文献,对中国古琴的起源和特征、琴人的心境和原则、琴曲的意义和内涵、演奏的象征和意象,做了详尽的论述。而1944年在重庆出版的《明末义僧东皋禅师集刊》(Collected Writings of the Ch'an Master Tung-kao, a Loyal Monk of the End of the Ming Period),则是一部填补中国佛学史空白的开山之作。该书成书时间长达七年,期间高罗佩遍访中日名刹古寺、博物馆院,共觅得东皋禅师遗著和遗物三百余件。1958年,他耗时十余年完成的《书画鉴赏汇编》(Chinese Pictorial Art as Viewed by the Connoisseur)又在罗马远东研究社出版。全书内容分两部分,前一部分泛论中日屋宇的式样、书画的悬挂方法以及装裱技术的衍变,后一部分讲述毛笔的构造、墨的制作、纸绢的特质、书画真赝的鉴别,堪称一部东方艺术鉴赏大全。

不过,高罗佩的最大学术成就当属中国古代性文化研究。1949年,因日文版《迷宫奇案》的一幅封面裸体插图,高罗佩开始对中国古代性文化产生兴趣。他广集史料,探幽索隐,费尽周折收集历朝历代春宫画册,又参阅了一系列的明末情色禁书,终于辑成了中国古代性文化的拓荒之作《秘戏图考》(Erotic Colour Prints of the Ming Period, 1951)。该书共分三卷。卷一《秘戏图考》是正文,用英语写成,分"上""中""下"三篇,讨论了自公元前226年至公元1664年中国历代王朝与性有关的历史文献、春宫画简史以及他所收藏的《花营锦阵》对题跋文字的注释和翻译,并附有"中国性术语"和"索引"。卷二《秘书十种》系中文卷,收录了卷一所引用的重要中文参考文献,包括《洞玄子》《房内记》《房中补益》《天地阴阳交欢大乐赋》《某氏家训》《纯阳演正孚佑帝君既济真经》《紫金光耀大仙修真演义》《素女妙论》以及《风流绝畅图》题词和《花营锦阵》题词。卷后有附录,分乾(旧籍选录)和坤(说部撮抄)两部分,所录各项均为极其珍贵的中国古代性文化研究资料。卷三《花营锦阵》影印了他所收藏的《花营锦阵》的所有春宫画,外加所题艳词。在这之后,高罗佩继续中国古代性文化研究,且时有新的发现,适逢荷兰图书出版商建议他撰写一部面向更多西方读者的中国古代性文化著作,于是便有了洋洋数十万言的《中国古代房内考》(*Sexual Life in Ancient China*, 1961)的问世。相比《秘戏图考》,该书的社会文化史研究气息更浓,且内容上有增补,还更新了许多旧的译文,添加了许多新的引文;观点上有修正,尤其是强调爱情的高尚意义,反对过分突出纯肉欲之爱。直至今日,该书仍是东西方性学家了解中国古代性文化的重要参考文献。

三

正是以上历史学、考古学方面的惊人成就,让高罗佩发现了《武则天四大奇案》等中国公案小说的价值,并选择性地翻译、出版了《狄公断案精粹》。在该书的"译者前言",高罗佩指出,多年来西方读者所理解的中国侦探小说,无论是厄尔·比格斯(Earl Biggers, 1884—1933)的"查理·张"系列小说(*Charlie Chang series*),还是萨克斯·罗默(Sax Rohmer, 1883—1959)的"傅满洲系列小说"(*Fu Manchu series*),其实都是"误判"。真正的中国侦探小说是《武则天四大奇案》之类的中国公案小说。这类小说早在1600年就已经存在,时间要比爱伦·坡"发明"侦探小说的年代,或者柯南·道尔(Conan Doyle, 1859—1930)"打造"福尔摩斯的年代,早出几个世纪。而且这类小说多有特色,主题之丰富,情节之复杂,结构之缜密,即便是按照西方的标准，也毫不逊色。然而，由于一些文化传统的原因，迄今这类小说不为广大西方读者所知。他呼吁西方侦探小说作家应该关注这一被遗忘的角落，积极改写或创作以中国古代清官断案为主要内容的侦探小说。[1]鉴于和者甚寡，1950年，他亲自操刀，尝试创作了以狄公为侦探主角的《迷宫奇案》，以后又费时十七年，将其扩展为一个有着十六卷之多的狄公探案系列。

而且，也正是以上历史学、考古学的惊人成就，让高罗佩在创作这十六卷狄公案时有意无意地融入了较多的中国古代文化元素。"漆画屏风""柳园图""朝云观""紫云寺""红阁子"，这些书名关键词本身就是一幅幅色彩斑斓的风俗画，给西方读者以丰富的中国古代文明想象；而小说中的许多故事场景，如"迷宫""花亭""半月街""桂园""乐苑""黑狐祠""白娘娘庙""罗县令府邸"，也无疑是一道道风味独特的精神大餐，令西方读者一窥东方建筑。此外，还有许多与案情有关的主题物件，如竖琴、棋谱、毛笔、画轴、香炉、算盘、绢帕，也不啻一件件极其珍稀的古文物展示，勾起了西方读者对中国传统文化的无限向往。

当然最值得一提的是，"狄公探案"蕴含的道家思想和诗化手段。在《迷宫奇案》，故事刚一开始，高罗佩就描绘了一个仙风道骨的太原府狄公后裔。他头戴黑纱高帽，身穿宽袖长袍，胸前白髯飘拂，举止谈吐不凡。正是他，讲述了狄公当年在兰坊县任上所破解的三桩命案。之后，故事套故事，小说中又出现了一个鹤发童颜、双唇丹红、目光敏锐

---

[1] *Celebrated Cases of Judge Dee: An Authentic Eighteenth-Century Chinese Detective Novel*, Translated and With an Introduction and with Notes by Robert van Gulik, Dover Publications, Inc, New York, 1976, pp. i-v.

的道家隐士，他于狄公断案百思不得其解之际指点迷津。由此，狄公锁定了余氏财产争夺案的真正凶犯。同样高贵、脱俗、飘逸的道家隐士还有《项链·葫芦》中的葫芦老道。同传说中的道家神仙张果老一样，他骑着一头长耳老驴，鞍座后面用红缨带拴着一个大葫芦。小说伊始，在松树林，他不期而至，给不慎迷失方向的狄公指路。接下来，还是在松树林，他协助狄公击退了凶狠歹徒的袭击，让狄公得以完成公主的重托。末了，依旧在松树林，他再遇狄公，自报真名，细述身世，并赠予其大葫芦，然后语重心长地留下嘱咐："大人，现在您最好把我忘了，免得将来还会想起我。虽说对于未知者，我只是一面铜镜，会让他们撞头；但对于知情者，我是一个过道，进出之后便了事。"[1]

显然，高罗佩在暗示读者，狄公之所以能屡破奇案，是因为有"高人"相助，而这"高人"并非别的，乃是他所信奉的"清静无为""顺应天道""逍遥齐物"的老庄哲学。事实上，现实生活中的高罗佩也是一个老庄哲学推崇者。在《琴道》的"后序"，高罗佩曾经谈到自己的抚琴体会，认为其秘诀在于遵循老子说的"去彼取此，蝉蜕尘埃之中，优游忽荒之表，亦取其适而已"[2]。接下来的正文，他进一步明确指出："我认为道家思想对琴道衍变有决定性的优势，或者说，虽然琴道的产生及基本观念源于儒家，但内涵却是典型的道家。"[3]此外，在《中国古代房内考》中高罗佩也有类似的说法："道家从自己与自然的原始力量和谐共处的信念中得出合理结论，并固定下来，称之为道。他们认为人

---

1 Robert van Gulik. *Necklace and calabash*. University of Chicago Press, Chicago, 1992, p. 92.
2 Robert van Gulik.*The Lore of the Chinese Lute: An Essay in the Ideology of the Ch'in*.Sophia University, Tokyo, 1941, pp. xiii.
3 Ibid, p. 49.

类的大部分活动,都是人为的,只起到疏远人和自然的作用,由此产生非自然的、人工的人类社会,以及家庭、国家、各种礼仪、专横的善恶区分。他们提倡回复到原始质朴,回复到一个长寿、幸福、没有善恶的黄金时代。"[1]

如果说,在狄公案中,道家思想是高罗佩欲以推崇的精神食粮和破案利器,那么效仿唐代传奇小说和明清章回小说,对小说故事情节做诗化处理,便是他编织案情的重要手段。这种诗化手段,在狄公案前期问世的一些卷册,如《迷宫奇案》《铜钟谜案》《黄金谜案》《湖滨谜案》,主要表现在每章有两句对仗工整的诗歌标题,以及正文起首插有几句韵味十足的题诗。前者起着点明全章主要内容的作用,而后者往往也从作者的视角,感叹世事人生、因果报应,同时赞誉清官替天行道、为民申冤,与正文叙述有着某种唱和的效应。如《黄金谜案》第三章诗歌标题"入县衙主簿慌张,闯后园狄公受惊"[2],概括了该章主要描写狄公一行四人进了蓬莱县衙,并着手调查前任县令遇害案;而《湖滨谜案》题诗"神笔录尽人间事,万物皆有源与头;无奈凡夫灵犀欠,不谙其意枉自愁。公堂端坐父母官,生杀之权大如天;倘若心少浩然气,草菅人命臭人间"[3],也以极其简练的语言,歌咏了天下之大,无奇不有,法网恢恢,疏而不漏,为民父母,除害雪冤,从而有效地呼应、烘托了

---

[1] Robert van Gulik. *Sexual Life in Ancient China: A Preliminary Survey of Chinese Sex and Society from Ca. 1500 B. C. till 1644 A.* D.Leiden, E. J. Brill, 1974, pp. 42-43.

[2] Robert van Gulik. *The Chinese Gold Murders: A Judge Dee Detective Story*. Perennial, An Imprint of Harper Collins Publishers, New York, 2004, p. 20.

[3] Robert van Gulik. *The Chinese Maze Murders: a Chinese detective story suggested by three original ancient Chinese plots*. The University of Chicago Press, Chicago, 1997, p. 1.

小说主题。狄公案后期问世的一些卷册,如《漆画屏风奇案》《御珠奇案》《紫云寺奇案》《黑狐奇案》,尽管考虑到西方读者的持续接受程度,不再有如此诗化形式,但仍出现了相当数量的对仗工整、韵味十足的诗歌。这些诗歌多半与案情相互交织,成为案情侦破的关键。以《漆画屏风奇案》为例,在正文第十一章,狄公偕竹香去地下的妓院暗访,看见床壁上贴有一首七言绝句,并从前后两句的字迹,推测是年轻画家冷德和滕夫人银莲合写,也据此断定此前滕知县所说"生死伉俪"完全是编造的。一个由婚姻不幸导致妻子出轨、继而被杀的复杂命案终于大白于天下。

四

然而,高罗佩并非不分良莠、一味地融入中国古代文化元素。也还是在他的《狄公断案精粹》的"译者前言",高罗佩总结了《武则天四大奇案》等中国古代公案小说的五大"弊端"。首先,小说伊始即介绍罪犯,细述犯罪的经过和动机,从而丧失了故事基本悬念。其次,崇尚神鬼等超自然力量,法官能潜入冥王地府与受害者对话,动物、炊具也能上法庭做证。再有,故事冗长,情节拖沓,动辄数十章,甚至数百章。再有,出场人物过多,难以分清主次、理清线索。最后,惩罚罪犯过分,残忍地诉诸暴力。[1]

---

1 *Celebrated Cases of Judge Dee: An Authentic Eighteenth-Century Chinese Detective Novel*, Translated and With an Introduction and with Notes by Robert van Gulik, Dover Publications, Inc, New York, 1976, pp. ii-iv.

以上"弊端",高罗佩在创作狄公案时已经剔除。整个谋篇布局,仍沿用西方古典式侦探小说的创作模式,并突出运用了许多行之有效的创作技巧。譬如阿加莎·克里斯蒂式的"高度悬疑",几乎每卷都有这样的设置。典型的有《紫云寺奇案》,故事一开始,读者就被置于紧张的悬疑之中而不能自拔。漆黑的寺庙外,隐约现出一块溅洒鲜血的石头;一对男女鬼鬼祟祟,借着微弱的灯笼光线朝井边拖拽尸体。他们是谁?为何要弃尸古井?被害者又是谁?但未等读者找出答案,新的悬疑接踵而至。从古董店买来贺寿的紫檀木盒,莫名其妙地留有求救纸片。一夜之间,国库五十锭金变成一堆铅条。而原本是两个无赖之间的争斗命案,凶手却要费事地剁下受害者的头颅?并且,狄公的得力助手两次险遭杀害,衙役们已是一死一重伤。直至最后,罪犯一一被擒获,狄公细述案情,所有谜团解开,读者才恍然大悟。原来百年寺庙早已成了藏污纳垢之地。而《朝云观奇案》的悬疑设置更有特色,整个故事情节集中在一个密闭时空,命案迭起,案中有案。狂风暴雨夜,狄公一行人前往百年道观借宿。倏忽间,对面塔楼现出一男与一残臂裸女相搂的身影。此前,已有三个年轻女子在那里蹊跷身亡。紧接着,戏班子又有伶人"假戏真做",险些酿成大祸。狄公循迹调查,又遭人暗算。更不可思议的是,众目睽睽之下,前任住持玉镜讲道时突然"仙逝"。之后,现任住持真智又坠楼暴毙。种种蛛丝马迹,指向道观一个辞官修道的孙太傅。然而他为何要谋害数条人命?又能否逃脱法律制裁?如此悬疑,一直持续到小说结束。

又如柯南·道尔式的"科学探案",这一技巧的运用集中体现在小说主要人物形象的提升和重塑。在高罗佩的笔下,狄公已经不单是那个为政清廉、刚正不阿、体恤民生,只凭聪明才智断案的青天大老爷,而是融博学、勤政、亲民于一身，依靠仔细调查和缜密推理破案的"科学"神探。他手下的几个随从，马荣、乔泰、陶干和洪亮，也一改"四肢发达、头脑简单"的性格描写窠臼，变成有血有肉、智勇兼备的破案搭档。作为一方父母官，狄公不但熟悉辖区具体政务，还擅长同各种各样的人打交道，了解他们的喜怒哀乐和实际需求。尤其是，他深谙犯罪心理学，勤于现场勘查，善于从蛛丝马迹中寻找破案线索，并层层剥茧抽丝，缜密推理。在《漆画屏风奇案》第五章，高罗佩以十分细腻的笔触，描述了狄公如何在沼泽地查看一具女尸的情景：

> 狄公重新掀开裹盖女尸的袍服。除了那袍服外，女尸一丝不挂，一把短剑从左侧乳房直插胸部，露出剑柄。剑柄周围有一摊干涸的血。他继而细看那剑柄，发现质地为白银，上面镂刻了美丽的花纹，不过年代已久，呈现出黑色。他断定，这把短剑是一件稀世古董，只因那个乞丐不识货，在盗窃耳环和手镯的时候，没有将它拔出带走。他摸了摸那只乳房，表面冷而黏湿，接着又抬起她的一只胳膊，觉得还有弹性。看来，这个女人被害的时间不过几个时辰。他想着，这安详的神态，简便的发型，裸露的胴体，赤裸的双脚，都说明她是在床上熟睡时被害的。[1]

这段描写，与柯南·道尔在《巴斯克维尔的猎犬》中描述福尔摩斯现场勘察爵士死因简直有异曲同工之妙。不过，高罗佩没有无限拔高狄公，

---

1 Robert van Gulik. *The Lacquer Screen: a Chinese Detective Story*. The University of Chicago Press, Chicago, 1992, p. 52.

而是描写他有时也会被假象蒙蔽而犯错,也会因怀疑自己判断有误而心虚。此外,他还有七情六欲,不但娶有三房夫人,还看见美丽、善良的女人就动心。《铁针谜案》中暗恋郭夫人便是一例。小说描写了狄公邂逅这位容貌端庄、知书达理的件作妻子后的种种爱慕心理。当获知她同样以铁针杀害了自己无恶不作的前夫后,狄公陷入了矛盾,欲绳之以法又心中不忍。郭夫人跳崖自尽后,狄公一夜未眠,"他感到非常疲惫,想过平静的退隐生活。但随之他明白,自己不能这样做。退隐意味着不想担当任何责任,而他却有太多的责任"[1]。这也令人想起英国侦探小说大师埃·克·本特利(E. C. Bentley, 1875—1956)在《特伦特绝案》中所描写的那个"已食人间烟火"的大侦探特伦特,他在推断门德尔松夫人杀害自己丈夫之后,选择了悄悄离去,因为门德尔松敛财堕落,消除他等于消除了罪恶。

再如约翰·卡尔的"密室谋杀"。所谓密室谋杀,是指罪犯在一个完全封闭、看似无法出入的空间环境内所实施的谋杀,往往产生一种独特的惊悚、神秘的效果。高罗佩似乎谙于这一技巧,在大部分卷册都有展示。《红阁子奇案》中的举人李琏和花魁娘子秋月先后"自杀",显然是一种密室谋杀,因为两人均死在卧室,房门紧锁;而《朝云观奇案》中的前任住持玉镜"讲道时突然仙逝",也是与密室谋杀不无联系,因为众目睽睽之下,凶手没有任何作案机会。最令人玩味的是《迷宫奇案》中的丁将军被杀案。高罗佩先是在第八章,透过狄公的视角,描述了十分密闭的案发现场:

---

[1] Robert van Gulik. *The Chinese Nail Murders*. The University of Chicago Press, Chicago &London, 1977, p. 200.

狄公迈步跨过书斋门槛，举目环视。书房很大，呈八边形，墙上高处有四扇小窗，窗纸莹白，阳光透过窗纸，漫入室内甚是柔和。窗户上方，有两个小孔，供通风之用，均有栅板相隔。除了窄门，书斋墙上再别无其他开启之处。

书斋中央正对门放着一张乌木雕花大书案，只见一人身穿墨绿锦缎便袍软软地伏于书案之上。此人头枕弯曲左臂，右手伸于书案之上，手中握有一红漆竹制狼毫，一顶黑色丝帽掉落于地，灰白长发暴露无遗。[1]

接着，他又借陶干和丁秀才之口，说明了凶手不可能自由进入案发现场的缘由。一是房门乃进入书斋的唯一通道，墙壁、书架上的窗户和挡有栅板的通气孔洞以及窄门，均未见暗道机关；二是丁将军先亲自开锁进入书斋，丁秀才跟着进入下跪请安，其时管家就站在丁秀才身后，直至丁秀才起身，丁将军才将房门合上，而平时书斋房门总是紧锁，唯一的钥匙也由丁将军随身携带。但就是这样一个看似无法破解的密室谋杀案，狄公通过仔细调查和严密推理得出了答案。原来杀死丁将军的是他手上执握的那管珍贵的狼毫。之前凶手将狼毫作为寿礼送给了丁将军，但狼毫内藏有浸透毒液的飞刀，上有弹簧，用松香封住。丁将军初次写字时，自然要烧掉狼毫笔端的毛刺，于是松香受热，弹簧启动，飞刀弹出结果了他的性命。

此外，还有盖尔·威廉（Gale Wilhelm, 1908—1991）的"女同性恋描写"，也对高罗佩的狄公案创作产生了较大的影响。尽管小说没有出

1　Robert van Gulik.*The Chinese Maze Murders: a Chinese detective story suggested by three original ancient Chinese plots*.The University of Chicago Press, Chicago, 1997, pp.88-89.

现任何女同性恋侦探，但出现了相关人物和细节描写，而且这些描写往往与案情的发展有关，甚至成为案情侦破的关键。仍以《迷宫奇案》为例。在该书的第二十四章，高罗佩几乎用了整整一章的篇幅来描绘女同性恋李夫人的外貌以及看见黛兰时的异样神态：

> 黛兰看那李夫人，面相周正，但五官略嫌粗大，双眉稍浓……黛兰燃旺灶内余火……顷刻厨房香味扑鼻……然而李夫人只吃了半碗便放下碗筷，将手置于黛兰膝头……角落里有两只水缸，一冷一热……黛兰提起热水缸盖……快速褪去衣裤，舀了几桶热水倒在盆内。待其舀取冷水时，猛地听得身后有异动，旋即转过身去……李夫人边说，边盯着黛兰。黛兰顿时觉得十分惧怕，忙俯身捡取衣裤。李夫人走上前来，霍地从黛兰手中夺走下衣，厉声问道："你怎么又不沐浴了？"黛兰惊得忙赔不是。李夫人猛地将黛兰拽到身边，轻声说道："姑娘何须假正经！你这身段甚是漂亮！"

当然，像盖尔·威廉的《我们也在漂浮》（*We Too Are Drifting*, 1934）一样，高罗佩如此不厌其烦地细述女同性恋性爱的目的是给接下来的情节高潮做铺垫。果真，李夫人求爱不成，便凶相毕露，并丧心病狂地用白玉兰之死来威胁黛兰。只见她将布帘一拉，梳妆台现出白玉兰的血淋淋头颅。正当李夫人的尖刀刺向黛兰之际，窗外跃入了彪形大汉马荣，眨眼工夫他便打落了尖刀，又将李夫人的双手绑定。至此，白玉兰失踪案告破。

立足西方古典式侦探小说创作模式，选择性融入中国古代文化元素,一切以故事情节生动为准则,高罗佩的十六卷"狄公案"就是这样成为早期西方历史侦探小说的成功范例,同时也赢得世界千千万万读者的青睐。

黄禄善

2017年10月26日

黄禄善,上海大学外国语学院教授,上海作家协会会员、上海翻译家协会理事,英国皇家特许语言家学会中国分会副会长。译有《美国的悲剧》等十部英美长篇小说,主编过八套大中小外国文学丛书,其中由长江文艺出版社、花城出版社出版的"世界文学名著典藏"(精装豪华本)近二百卷。

高罗佩·大唐狄公探案年表

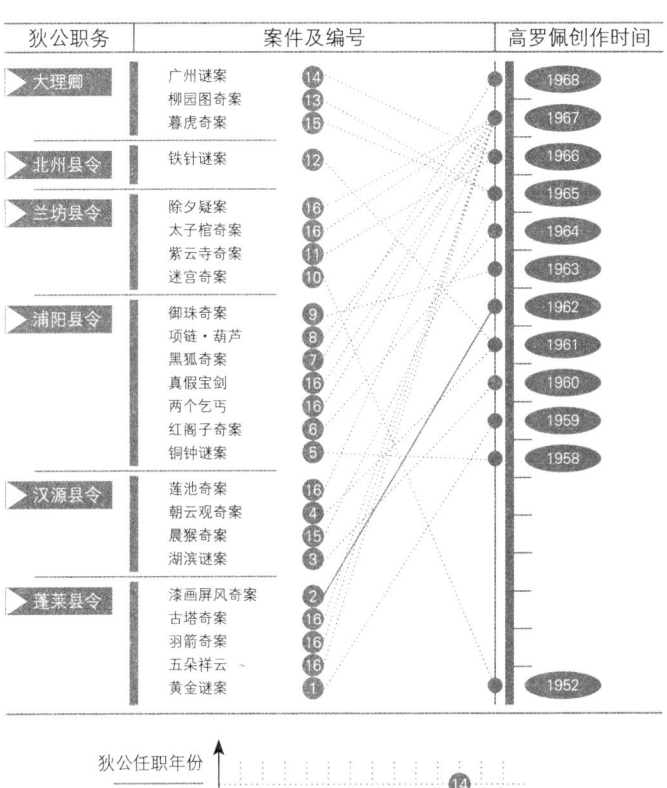

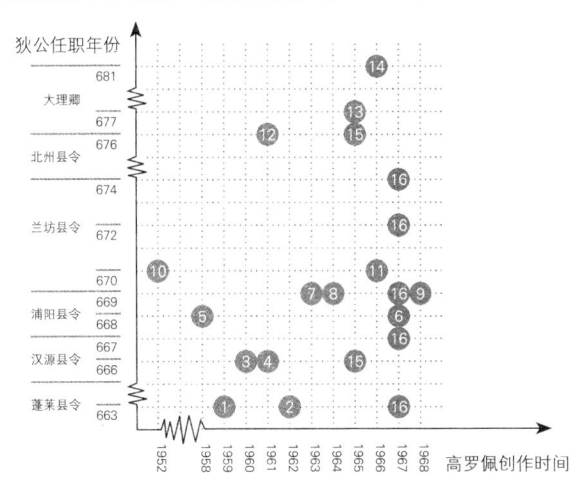

漆画屏风春夏图

漆画屏风秋冬图

书中主要人物

蓬莱县令，小说中他途经山东威平县	**狄仁杰**
护卫，狄仁杰的亲随	**乔 泰**
威平县县令	**滕 侃**
娘家姓吴，名叫银莲；滕侃的妻子	**滕夫人**
滕县令的师爷	**潘有德**
富有的丝绸商人	**葛齐元**
娘家姓谢，葛齐元的夫人	**葛夫人**
算命先生	**卞福龙**
银铺掌柜	**冷 青**
冷青之弟，画家	**冷 德**
窃贼	**孔 山**
威平丐帮的帮主	**排军（刘武）**
小混混	**童生（徐梁）**
妓女	**竹 香**

漆画屏风奇案

一

滕县令依然站在书房门口,心里十分慌乱。眼前一片模糊,他不敢朝书桌走去,便靠着门框,合上眼,慢慢抬起双手,开始揉搓太阳穴。此时,他感到头已不那么痛了,仅有一阵阵的麻木感,耳朵也不再轰鸣。他能听见府邸后院传来的熟悉声响,那是午休之后,仆役们重新干起了自己的活计。不久,老管家要来书房给他送茶。

他竭力控制自己的情绪。渐渐地,他的眼睛明亮起来,于是欣慰地舒了一口气,迅速移过双手细细察看,上面没有一丝血迹。接着,他抬起头,注视着又大又笨的檀木书桌。桌面光亮如镜,映出了绿玉花瓶,但插在瓶内的花束却近乎枯萎。他下意识地想,倘若夫人看见,她又要去换一束鲜花了,平时总是她亲自去花园采花的。突然，他感到心口憋得慌，便挣扎着向前走，跌跌撞撞地到了书桌边。他绕到桌后，大口大口地喘着气，不得不靠着光滑的桌沿歇息。终于，他在太师椅上坐了下来。

眼前又是一阵眩晕。他抓住椅子的扶手，一动也不动。等到眩晕过去，他睁开双眼，竖在对面墙壁的漆画大屏风首先映入了他的眼底。他迅速转移视线，但脑里怎么也摆脱不了它的影子。旋即，他那瘦高的身躯猛烈地抽搐起来，他本能地裹紧了身上的长袍。莫非这就是结局？他已神志不清了吗？冷汗从他的额头沁出，他暗自思忖，自己快要病倒了。他低下头，盯着师爷摆放在桌上的公文，想竭力集中自己的注意力。

他从眼角瞥见老管家端着茶盘进了书房。他原本想说几句客套话，但嘴唇干裂、舌头发胀，一个字也说不出。那个头戴黑帽、身穿灰色长袍的老管家恭敬地献上了一杯茶，他马上伸出战栗的手接过茶，喝了一口。或许多喝几口，便会觉得好些。这个老笨蛋还站在那里干吗？他张开嘴，刚要呵斥，猛然看见茶盘上有个大信封。

"大人，"老管家道，"有位姓沈的先生求见，他带来了这封信。"

他看着那封信，没有伸出战栗的手。只见信封上用粗黑的公文字体写道："威平县令滕侃台启。亲笔。"左下角是个很大的刺史印鉴。

"因为这是亲笔信，"老管家用干瘪的嗓音一字一句地说，"我想，还是直接送给大人为好。"

这位县太爷拿起信，机械地伸手去摸竹刀。大唐王朝好比一台巨大的机器，他，一个小小的县令，只不过是这台机器上的一颗小螺丝钉。虽说他在威平县说一不二，但在平湖州府，还只是刺史下属的十几个县令之一。老管家说得没有错，对携带刺史亲笔信的客人千万不能怠慢。谢天谢地，他又能清晰地思考问题了。

他用竹刀裁开信，抽出一张公文纸，上面仅写着几行字：

密件。

携信者系现任蓬莱县令狄仁杰。他来府衙议事已毕，正回驻地。特准假一周，于威平县微服私访。望尔多协助。

刺史

滕县令慢慢地把信折了起来。他的同僚蓬莱县令来得真不是时候。此人为何微服私访？莫非要制造什么麻烦？刺史向来以诡秘著称，他派这个姓狄的来微服私访必有缘故。要不要说自己身体不适，让姓狄的改日来访？不行，那会引起府邸上上下下的猜测，因为上午他还是好好的。他将杯中剩下的茶一饮而尽。

此时，他觉得身体舒适多了，吩咐老管家的声音听上去和以往没有两样：

"再沏一杯茶，把官服拿来。"

老管家帮助自己的老爷穿上了黄褐色的织锦长袍，接着又递上黑纱官帽。滕县令系好腰带后说："你把沈相公请来，我在书房和他见面。"

一俟老管家离去，滕县令便向那张大木榻走去，该木榻是用来接待客人的。他坐在左侧，发觉从那里只能看到屏风的一半，这才放下心来，并重新走回书桌。谢天谢地，他又能正常走路了。然而，他的头脑是否还像以前那样清晰呢？他站在那里，正思索着，呀的一声门打开了，老管家走了进来。他递给县太爷一张大红名刺，名刺上印着两个大字"沈默"，左下角是另外两个小字"牙人"。

一个身材魁梧、留着长长的连鬓胡须的男人走了进来。他头戴黑色平民帽，身穿一件褪了色的蓝长袍。只见他将长袖一甩，拱手行了个礼。滕县令也回了礼，说了几句客套话。接着，他示意客人坐在木榻右侧，自己也在木榻左侧坐下，与客人相隔一张低矮的茶几。这时，他见老管家还守在门边，便马上挥手让其离去。

门合上了。留着长连鬓胡须的男人机警地瞥了他一眼，然后以低沉、悦耳的声音道：

"滕大人，幸会。早在京城，我就仰慕大人的诗名。当然，我还听闻大人是很有才干的父母官。"

滕县令欠了欠身。

"狄大人，您过奖了。"他道，"我不过是闲暇时胡诌几句，聊以自慰罢了，岂敢奢望您这样的大学问家亲临指教，何况您公务又那么忙。"他停了下来。此时，他又感到一阵眩晕。他觉得自己无法长时间和对方说客套话，于是犹豫了一下，继续道："刺史大人宣称，您来敝县系微服私访。莫非有什么公案要调查不成？请原谅我的唐突，不过……"

狄公与滕县令一起饮茶（高罗佩 绘）

"哪里的话!"狄公笑着,脸上露出一丝歉意,"我不知道刺史大人信中用了这样的字眼,让您无端忧虑了。其实,我不过是觉得在蓬莱干得非常累,想休息几天罢了——当然,这种累是因为我缺乏经验所致。要知道,我在蓬莱当县令乃是初始为官。因而我想趁这次来府衙商议海防之事,做个短暂旅行。我县与高丽半岛隔海相望,眼下高丽诸国均存反叛之心,刺史大人命我昼夜提防,而京城也来了一位高官……哎,要知道,整天在码头上听那些显贵的差遣,会是何等情形!商议海防之事共四天,现要返回蓬莱,我自然想将归途好好利用一下。于是,我请求告假数日,顺道到贵县游玩。贵县乃一代名城,人文荟萃,诚如大人诗中所言:'古风胜迹随处闻,逸士山水独钟灵。'我之所以要求以平民身份来访,之所以改名沈默,自称牙人,皆出于此。"

"我明白了。"滕县令点了点头,心里却愤愤不平。居然是度假!倘若刺史信中明说,我一定不会这么快与他会面。他接着道:"大人不嫌敝县贫瘠,顺道以平民身份来访,在下三生有幸。不知大人的随从如何安排?"

"事实上,我只带了一名随从。"狄公道,"此人名乔泰,颇为能干。"

"这……会不会造成下人和大人太随便?"滕县令狐疑地问。

"坦率地说,这个问题我还没有想过。"狄公说着,情不自禁地笑了声,"不知大人能否为我俩安排一个干净的客栈,并为我介绍贵县最重要的名胜古迹?"

滕县令呷了一口茶,道:

"我本想留二位住在县衙,但唯恐暴露大人身份,只好作罢。大人要是愿意,可以住在飞鹤客栈。那个客栈声誉不错,离县衙也近。至于重要的名胜古迹,我的师爷潘有德会告诉大人。他生于斯,长于斯,对此处一草一木都很熟悉。现在,请让我领大人去见他,他就在公堂后厅处理公务。"

滕县令站了起来,狄公也随后站起。突然,他发现滕县令脚跟发软,这位县太爷正用双手按着椅子扶手,努力支撑自己的身体。

"大人不舒服?"狄公关切地问。

"没什么,只是有点头晕!"滕县令淡淡地笑了笑,"太累了。"这时,老管家进了门,滕县令不耐烦地瞪着他。只见他向这位县太爷躬身施礼,低声道:

"大人,恕我打扰了。刚才奴婢说,午休后夫人一直没露面,卧房的门又是锁着的。"

"不错,我忘记告诉你了。"滕县令答道,"午饭后,她上姐姐家去了。她姐姐从乡里派人捎来口信,说是有急事。你给众奴仆通报一声。"他见老管家迟疑地站着,便恼怒地问:"你干吗还待在那里?没见我忙着?"

"我还有事禀报。"老管家的语音显得有点慌乱,"有人打破了梳妆室里的大花瓶,我……"

"待会儿再向我细说!"滕县令打断了他的话,领着狄公向门外走去。

两人穿过内室前的花园,走向公堂。其间,滕县令道:

"狄大人此番来敝县,实乃我讨教之良机。望大人不嫌,随时来县衙交谈。我有件烦恼事,很想向大人请教。左边走,请。"

滕县令领着狄公穿过公堂后面的大院,进了对面的屋子,两人来到一间洁净的小房。一个瘦削的男子坐在书桌后面,旁边放着一叠公文。他一看见滕县令,便马上站起,示意一个慌忙回避的奴婢离开房间。然后,他蹒跚上前,躬身深施一礼,滕县令则以沙哑的声音说道:

"这位是沈相公,呃……呃……生意人,刺史大人介绍来的。他想在这里逗留几天,看看名胜古迹。他需要了解什么,你都说给他听。"然后,他转向狄公道:

"恕我先走一步,我还得准备下午的升堂事宜。"说毕,他施礼而去。

潘师爷请狄公坐在书桌前的一张大椅子上,开始说客套话,不过他似乎有什么心事,而且神情显得紧张。从滕县令与他说话时显露的不悦来看,狄公猜想,公堂上可能有十分难断的案子。但当他开口询问,潘师爷却断然否认:

"哦,不是的。我们从来没有什么十分难断的案子。老天爷帮忙,这个县很太平。"

"刚才我和县令大人交谈,"狄公道,"他曾暗示有什么难事,所以我才这样问先生。"

潘师爷扬起两道灰白的弯眉。

"这个我一点也不清楚。"他答道。这时,原先退下的那个奴婢又回来了。"待会儿再来!"他厉声喝道。于是,那个奴婢迅速退去。他抱歉地对狄公说:"这些女贱人!不知谁把夫人卧室里的珍贵花瓶打碎了。但是,没有一个奴婢承认。这个花瓶老爷看得很重,因为是传世之物。管家要我把她们找来一一盘问。"

"除了先生,县令大人还有没有帮手?"狄公问,"通常县令每到一处上任,总要带三四个亲随,对不对?"

"沈相公说得不错。不过,我的老爷不喜欢这样。他生性孤僻,甚至可以说有点冷漠。我本人一直在这里当师爷。"他皱了皱眉头,继续道,"县令大人想必对打碎花瓶的事十分恼火。刚才他进来,我注意到他的脸色很不好。"

"他是否有慢性病?"狄公问,"我也注意到他的脸色很不好。"

"没有,"师爷答道,"我从未听说他有病,而且他最近的情绪特别好。大约一个月前,他在院子里滑倒了,扭伤了脚踝。但眼下,扭伤已经全好了。我想,他感到身体不适,大概是天气炎热的缘故。现在,我来告诉您应该先游览哪些地方。沈相公,敝县的名胜古迹有……"

他开始滔滔不绝地描述威平县的名胜古迹。狄公觉得他精通当地的历史,知识渊博,学问涵养很深。终于,狄公恋恋不舍地站了起来,说自己得告辞了,因为同伴还在茶馆里等着,那茶馆就在公堂大院后面拐角。

"既然如此,"潘师爷道,"我就领沈相公从后门出去,免得您从前门绕一个大圈。"

他带狄公迂回府衙内宅。虽然他一只脚先天畸形,但走路却很轻松。两人顺着一条幽暗的封闭式走廊往前走,这条走廊似乎

是绕着内宅建造的。到了走廊末端,潘师爷开启小铁门的锁,笑着道:

"这个过道也可以说是敝县的一道风景线!它还是七年前,这里有叛军的时候修建的,目的是作为秘密通道。您知道,当时那个有名的节度使……"

狄公迅即连声道谢,打断了潘师爷的话。他跨出铁门,到了僻静的小街,然后按照潘师爷所指的路径,迈步向前走去。

他拐过街角,望见了原先他和乔泰一道饮茶的那个茶馆。虽说中午刚过,露天茶座却已挤满了人,多数餐桌为衣冠楚楚者所占据,他们悠闲地一边呷茶,一边嗑着瓜子。狄公径直向一个彪形大汉坐着的餐桌走去。这个大汉头戴黑色圆帽,身穿褐色长袍,正出神地看着一卷书。狄公拖出他对面的椅子,乔泰连忙站了起来。尽管狄公身形高大,但乔泰比他还要高出一寸。他有拳师一般的体格,粗脖颈,阔肩膀,没有留胡须。只听他高兴地说道:

"大人,您这么快就回来了!"

"别叫大人!"狄公告诫道,"要记住,我们是来这里微服的!"他拿起椅子上的包袱,放在地上,然后坐下来,击了一下掌,吩咐店小二重新沏一壶茶。

这时,离他们的餐桌不远,有个瘦骨嶙峋的男子抬起头来。这个人独自坐在一张靠角落的餐桌旁边,面黄肌瘦,十分丑陋,从右眼眶到下颌有一道细长的伤疤,这使他的嘴唇歪向一边,留下一个嗤笑不停的表情。他把一只细长的手伸向面颊,想制止脸部肌肉的紧张抽搐。接着,他撑起两只难看的胳膊肘,倾身向前，想偷听狄公和同伴的谈话。无奈，周围噪声太大，怎么也听不清。失望之中，他觑起那只独眼，盯看两人的一举一动。

乔泰望了望周围。他一看见那个模样丑陋的独眼龙，就压低嗓音对狄公道：

"您看我后面那个独自坐在角落里的人，他的模样就像一条刚脱壳的小爬虫。"

狄公看了看，道：

"正是，他的外貌给人没有好感。唔，你在看什么书？"

"《威平风俗志》，从店小二那里借来的。您提出顺道来这里游览，真是好主意。"他把餐桌上敞开的书推向狄公，道："看，这儿写着，关帝庙立有十几尊真人大小的古代名将塑像，皆由古代一位能工巧匠雕刻。此外还有颇为壮观的温泉……"

"刚才县衙的师爷已经给我介绍过了。"狄公笑着打断了他的话，"这里的名胜古迹足够我们看的。"他呷了一口茶，继续道："不过，我的同僚滕县令有点让我失望。要知道，他是个有名的诗人。我还以为他性格开朗，善于交谈，谁知他是个注重小节、目光短浅之人。而且他看上去有病，有心事。"

"哼，他有什么能耐？"乔泰道，"无非就是只有一个老婆。这倒奇怪，像他这种地位的人，只有一个老婆。"

"这有什么奇怪？"狄公不赞同地说道，"滕县令和他的夫人是模范伉俪。虽说两人结婚已有八年，而且未育子女，但滕县令始终没有娶二房小妾。京城文人给他们夫妇取了个绰号——生死伉俪，我想，其中并非没有羡慕之意。他的夫人银莲也颇有诗才，共同的爱好使两人情投意合。"

"依我看，"乔泰道，"她要是真有诗才，不妨让她丈夫身边多几个年轻姑娘，这样也许可以增加作诗的灵感呢！"

狄公没有留意乔泰的话。此时，他已被邻桌几个人的交谈所吸引。只见一个双下巴的胖子说道：

"我坚持原先的看法。上午县太爷升堂，判断有误，不然他干吗拒绝登记葛员外的自尽？"

"要知道，尸体没有找到。"坐在他对面那个长着狐形脸的瘦子回答，"没有尸体就不能登记，王法是这样规定的。"

"没有尸体是有原因的。"胖子随即反驳道，"葛员外是投河自尽的，对不对？河水特别急，县城又处在丘陵地带，陡坡异常。我并非说县太爷这人不好，他可以说是近年来最好的一个清官，我只说他不了解生意人的苦衷。他哪里知道，葛员外的自尽不登记，钱庄掌柜就不能把葛员外的事理妥帖，这对外面有许多大生意的葛员外的绸布店来说，拖延意味着更大的损失。"

瘦子无言以对。然后，他又问：

"你说葛员外为什么要自尽？会不会是背了很多债？"

"当然不会！"胖子迅即答道。"响当当的富商嘛！我敢说，他的绸布店是全省最大的。不过，听说他最近一直受病痛困扰，这就是自尽的原因。还记得吗？去年茶铺王掌柜自尽，也是受不了长期头痛的折磨。"

狄公没有再听下去。他提起茶壶，又倒了一杯茶。乔泰刚才也一直在听那两个人闲聊，这时，他轻声道：

"大人，别忘了您是在休假游玩。无论这里发生了多少起命案，都该由滕县令去审理。"

"乔泰,你说得对。那本《威平风俗志》介绍了哪些珠宝铺子?我得买几副金银首饰,回蓬莱后送给几位夫人留作纪念。"

"珠宝铺多着呢!"乔泰答道。他急忙翻书,把介绍珠宝店的那一页翻给狄公看。狄公点了点头,道:

"嗯,有很多珠宝铺。"他起身喊店小二结账。"走吧,我已得知离这里不远有家好客栈。"

那个容貌寝陋的男子依然坐在靠角落的餐桌旁。等到狄公和乔泰付好账,步入街道后,他迅速起身,到了狄公和乔泰坐过的餐桌。接着,他漫不经心地拿起那本打开的《威平风俗志》,看了看上面的内容。他的眼里闪过一丝阴险的目光,然后扔下书,急匆匆地离开了茶馆。前方不远,狄公和乔泰双双伫立,显然正在向街旁的一个小贩问路。

二

飞鹤客栈位于县城一条通往丘陵山区的繁华大道。狭窄门面非常简朴,隔壁是一家装饰华丽的大酒馆。

不过,里面的厅堂却很宽敞。坐在高柜台后面的胖店主打量了他们一眼,接着把一本厚厚的登记簿往前一推,请他们写下姓名、年龄、职业和出生地。

"你怕我们是歹人?"狄公一边用舌头舔湿毛笔,一边问。他感到惊讶,因为通常客栈只要求登记姓名和职业。

"何出此言?"店主生气地回答。他又把登记簿推到乔泰面前,气呼呼地继续说道:"为了维护本店的良好声誉,我得挑选住客。"

"遗憾的是,你妈没法挑选你!"乔泰把两人的包袱放在地上，拿起了毛笔。狄公写上了："沈默，牙人，三十四岁，太原人氏。"乔泰紧接其后写上了："乔泰，沈相公亲随，三十岁，京城人氏。"

狄公预付了三天租金，一个衣冠整洁的伙计便领他们去客房。客房在第三栋宅屋，远离喧哗的街道，陈设虽是简陋，但很干净。

乔泰推开客房的后门，眼前是一个铺满青石板的院子。他回过身，对着桌上的一壶茶皱了皱眉头。这壶茶是店伙计刚送来的。他对狄公说道：

"我们方才喝过茶。这个青石板院子不错，我们就比试几个回合，松松筋骨，怎么样？然后，我们洗个澡，再去街上酒店吃饭，品尝当地的佳肴。"

"好主意！今晨从平湖动身，一路跋涉，手脚都硬了。"

两人脱光上身，仅留一条肥大的裤子。狄公将长须分成两半，各自绕到脑后，打了结。他们把帽子扔在桌上，进了院子，乔泰便吩咐一个奴仆去取两根棍棒。

狄公精通拳术和剑法，但直至最近，他才跟着乔泰学了几路棍术。一般人以为，棍术是拦路打劫的玩意儿，不适合正人君子操练。但狄公觉得这技艺不错，非常喜爱。在这方面，乔泰是个行家。早在他跟随狄公之前，就是一个拦路打劫的强盗，因而他那黝黑、宽阔的胸膛和结实的长手臂都落满了伤疤。一年前，狄公首次任蓬莱县令。上任时，他途经一条荒路，遭到乔泰及其拜把兄弟马荣的打劫。在狄公的力劝下，乔泰、马荣放弃为寇的生涯，当了狄公的亲随。过去的一年，他俩鞍前马后，抓了许多盗贼，破了许多疑案。狄公并不要求两人对自己毕恭毕敬，相反的，他喜欢他们的刚直和豪爽。

"我们在这里练习棍术，店主想必不会介意。"狄公说着，摆好了架势。

"他要是敢嘀咕，我就给他当头一棒。"乔泰不甘示弱地说道，"我要让他乖乖地把头缩起来，再也不敢眯着眼睛看人。注意反手出击！"他迅速扬起棍棒，朝狄公头部打了下去。

狄公猛地一蹲，躲过了乔泰的进攻。与此同时，他瞄准乔泰的脚踝，将手里的棍棒低低地一扫，乔泰极其灵活地跳起双脚，让狄公的棍棒扑了个空。紧接着，他以极快的速度举棍向狄公胸部戳去，狄公灵巧地挡住了乔泰的进攻。

接下来，两人你来我往，斗了许多回合。院子里只听见棍棒相击和粗重的呼吸声。几个奴仆、店小二相继进院，围观这场免费的棍棒打斗。众人看得高兴，均没察觉他们身后的门已被慢慢推开，一个枯瘦、丑陋的男子把头探了进来。他幽灵似的立在暗处，觑起独眼盯看狄公和乔泰比试棍棒。过了一会儿，他把头缩回去，悄悄地关上门。

狄公和乔泰各自收住棍棒，两人淌着大汗。乔泰把两根棍棒扔给一个奴仆，吩咐他领两人去洗澡。

偌大的澡堂空空荡荡。里面有两个大浴池，四周是光滑、结实的松木栏杆，板壁也是松木做的，没有上漆，散发着阵阵天然清香，地面则铺着大块黑瓷砖。澡堂伙计生得十分健壮，身上只系了块腰布。他接过狄公和乔泰的裤子，挂在架子上，然后端来了两盆热水，给每人一个装有谷壳和皂荚片的小布袋。狄公和乔

狄公、乔泰在澡堂（高罗佩 绘）

泰用小布袋擦洗身子，随后，澡堂伙计一边用木桶往浴池里倒水，一边说道：

"这个浴池是兴建客栈时从岩石上挖出来的，热水则取自地下的清泉。当心脚下——左边石块烧得很烫。"

狄公和乔泰跨过栏杆，到了浴池里面。澡堂伙计推开天井的推拉门，让两人一面沐浴，一面欣赏里面碧绿的芭蕉叶。他们两人舒舒服服地在水里泡了很久，然后坐在矮竹凳上，让澡堂伙计给自己揉搓双肩和擦干身子。澡堂伙计给每人一件布衫，两人精神抖擞地回到了客房。

他们换上自己的袍服，坐下来饮茶。突然，门开了，一个瞎了一只眼睛、形容枯槁的男子走了进来。

"这个家伙，我们不是在茶馆里见过吗？"乔泰嚷道。

狄公恼怒地望着那张令人恶心的脸。他厉声喝道：

"你不敲门就闯进来，想干什么？"

"我想和……和……沈相公说几句话。"

"你是干什么的？"狄公问。他想，自己与这人素无瓜葛。

"我像你们一样，是个打劫为生的盗贼。"

"要不要把他撵出去！"乔泰怒不可遏地问。

"且慢！"狄公回答。他想把这一切弄个究竟，"朋友，你既然知道我姓什么，也肯定知道我是个牙人。"

独眼龙哈哈地笑了起来。

"难道我不知道你俩的底细？"

"那就请讲！"狄公客气地说。

"细细道来？"独眼龙又问。

"不错！"狄公回答。眼前这个人激起了他的好奇心。

"首先，我看你，长鬓长须，相貌不凡，很像衙门里当差的；加上又长得个高体健，所以之前一定当过衙门班头。想必你是将寻常百姓屈打致死，或是偷了衙门里的银两，或是既打死了人又偷了钱。总之，你被迫逃窜，落草为寇。你的同伴无疑是个打劫为生的强盗，他和你合伙干起了买卖。你凭着自己的长相和利舌引诱过往客人上钩，而他伺机劫取他们的钱财。如今你们想干更大的买卖，到这城里来抢劫珠宝铺。不过我告诉你们两个笨蛋，你们是不可能成功的，因为连小孩都知道你们是歹人！"

乔泰想站起来，被狄公阻止了。"这家伙真有意思。"狄公道，"说说看，你为何认为我俩要抢劫这里的珠宝铺？"

独眼龙叹了一口气。

"好吧，"他装出一副很有耐心的样子。"我就教教你们，学费分文不收。今天下午，你的同伴刚进茶馆，我就认出他是拦路打劫的强盗。他的身材、走路的样子，都说明他是干这行的，哪怕我只有一只眼睛。顺便告诉你们，他可能是行伍出身，因为他走路有一种军士的派头。然后，你来了。起初我以为你是一个丢了饭碗的刀笔吏，可后来我看见你练习棍术——你们居然如此大胆地暴露自己，真是愚蠢透了——我又见你也是彪形大汉，只不过生得细皮白肉，于是知道自己错了，你应该是在逃的衙门班头。哼！你们还嫌自己暴露不够，居然还得意扬扬地凑在一起翻阅《风俗志》，看这个城镇有哪些珠宝铺。我说你们嫩了点，对不对？你枉费留了那么长的胡子，莫非想仿效自己的县太爷？"

"我已经对这家伙不感兴趣了。"狄公冷冷地对乔泰说道，

"把他撵出去！"

乔泰站了起来。然而，未等他跨出脚，那个瘦骨嶙峋的家伙便以极快的速度退到门边，接着，慌忙开门，窜到门外，再用力关上门。乔泰未及防备，砰的一声头撞在门框。他大骂一声，猛地拉开门。"我去揍那狗娘养的！"他怒声说道。

"别去！"狄公嚷道，"回来！我们不能在这里动干戈。"

乔泰重又坐下，牙齿咬得咯咯响。狄公依然微笑地说道："那家伙虽然无耻，倒说了些有用的话。因为他提醒我应该时刻注意一条重要的办案原则，这就是无论如何，办案者不能一成不变地相信一种推断。那家伙的聪明之处就在于观察，他对于我俩外貌的推断还是非常正确的。不过，一旦他做出一种推断，就把后来所有的情况往里套，而不理会是否应该根据这些情况形成新的判断。他没有意识到，我们之所以在这里当众习武，也可能是因为地位不一般，故放心大胆地采取这种对别人来说可能是危险的行动。不过，我最不宜发表这些宏论，因为我在蓬莱审理那桩黄金凶杀案时，恰恰犯了同样的错误。"

"那个狗杂种从茶馆一直跟踪我俩。"乔泰道，"他为何跟我们过不去？是不是想敲诈？"

"我想不会。"狄公回答，"他给我的印象是，迷信自己的智力，但极怕同人动武。嘿，他今生怕是不会再露面了。对了，刚才你提起茶馆，倒使我想起邻桌那两个人的谈话来。还记得吗？就是关于绸布店葛掌柜自尽的蹊跷事。咱俩不妨去公堂，听听这事的来龙去脉。现在差不多是下午升堂的时候了。"

"大人，别忘了您是在度假！"乔泰不满地说道。

"唔，不错。"狄公脸上掠过一丝苦笑，"不过，说真的，我很想在滕县令毫无察觉的情况下看看他是怎么断案的。再说，过去我只是坐在公堂上审案，没有站在公堂下听审，今天不妨做个普通百姓，看看滕县令审案的经过。老弟，你看看也很有益处。咱俩动身吧！"

厅堂内，胖店主正忙碌地给四个离店的客人结账。他的额头上系着一条白汗巾，几个手指噼里啪啦地拨着算盘珠子。虽说他忙得不可开交，还是没忘记对经过柜台的狄公发话：

"沈相公，关帝庙后有一块场地，非常适合习武。"

"多谢指教。"狄公故作认真地说道，"不过，贵店有如此好的设施，不利用一下甚为可惜。"

他和乔泰出了店门。

暑气渐散，街上挤满了人。他们在人堆里挤着往前走，速度非常慢，但到了县衙前面的场地时，门楼边却几乎看不到人。显然，县衙已经升堂了，百姓都聚集在公堂下。他们穿过门楼的石拱门，看见墙上悬了一面巨大的铜锣，这表示公堂上已经开始断案了。四个兵丁守在门前，漫不经心地瞟了他们一眼。

他们匆匆穿过空荡的大院，进了公堂。堂内光线暗淡，前方传来单调、乏味的叙述声。他们依旧立在门边，好让自己的眼睛适应公堂内外的差异。从众多聚集百姓的头顶上方，他们看见了立在前方高台上的铺着红布的案桌，案桌后坐着滕县令。他头戴黑纱官帽，身穿绿色织锦官袍，一边捋着稀疏的山羊胡，一边阅看面前的案卷。潘师爷抱袖守在滕县令的太师椅旁边，两侧是供书吏坐的矮桌，右侧桌后立着一个头发花白的老头。他显然是个资深书吏，正大声宣读一份法令。案桌后面的墙壁遮有深紫色的帷幕，居中用金线刺绣着的象征着聪颖和祥瑞的麒麟。

狄公往前挤进了人群。他踮起脚尖，看见四个手拿铁镣、棍棒、拇指夹等刑具的差役立在案桌前面。离他们不远，是身材矮胖、蓄着八字胡的班头，他手执皮鞭，满脸杀气。公堂上的一切设置同往常一样，都是为了渲染王法神圣、不容亵渎的气氛。凡是打官司的百姓，不分男女老少和贫富贵贱，也不分原告和被告，都得在案桌前面的光秃石板地面下跪。此时，差役们可以对他们吃三喝四，倘若县令下令，还要对他们用刑。王法的基本条令是，在案桌前打官司的任何人，只有被断定无罪时才算无罪。

"我们来得不算晚，"狄公轻声对乔泰道，"书吏正在宣读某个行帮的新行规。我想，他已经读到尾声了。"

过了一会儿，新行规宣读完毕。滕县令抬起头，说道：

"刚才大家听了铜匠帮的新行规。这个新行规先由铜匠帮提出，后经县衙修订，里面的条文有无不妥之处？"他停下来，扫视公堂上的百姓，狄公连忙把头低下。滕县令见无人作声，继续说道："那么本县宣布，新行规无人反对，即刻生效。"

他拿起惊堂木，重重地拍在案桌上。

此时，一个大腹便便的矮胖中年男子向前跨了一步，跪在案桌前面。他身穿白色孝服。

"跪上前！"班头朝他吼道。

身穿孝服的男子顺从地朝前爬了一步。狄公用胳膊肘轻轻碰了一下旁边的一个百姓，问：

"他是谁？"

"你不认识？他就是钱庄掌柜冷青。昨天晚上，他那位在绸布店当掌柜的合伙人葛齐元自尽了。"

"唔，"狄公说道，"他这是替谁戴孝？"

"你怎么连这事都不知道？替自己的弟弟呗！他的弟弟冷德是有名的画家，两星期前，死了，是得痨病死的。这痨病拖累他许多年了。"

狄公点了点头，开始注意听冷青申述。

"今天上午，我们奉大人指示，继续在河里打捞尸体，但打捞了半里多路，只找到葛员外的一顶绒帽。当务之急是开始替葛家处理死者后事，所以上午县衙升堂时，我斗胆请求大人正式登记葛员外自尽而亡，恩准我有权代表死者商谈、签署契约。眼下，绸布店有几笔大买卖，倘若不能签约，会给该店造成很大损失。"

滕县令蹙眉说道：

"凡事有个王法。依本朝律令，未经正式验尸，自尽不予登记。"他思索了一会儿，继续说道："不过，你上午的申述太简单，现在不妨把事情细说一遍，说不定本县能根据你说的具体情况，对此事做出特别处理。这并非不可能。我也已经注意到此事的延误对已故葛员外的买卖极为不利，因而愿意在王法允许的范围之内，让此事尽快得到解决。"

"大人如此开恩，"冷青恭敬地说道，"小人实在感激不尽。这场悲剧发生在昨晚举行酒宴的时候。酒宴是临时决定的。一个月前，葛员外去找一位号称'神算'的卜福龙先生，目的是要挑选黄道吉日动工兴建南郊的避暑山庄。卜先生当即给他算了一卦,说本月十五日,也就是昨天,是他的灾难之日。葛员外颇感慌乱,遂追问缘故,但卞先生只说了一句:灾难来自周围,以午时为最大。"

"葛员外天生多虑,听了这话,朝思暮想,不觉胃痛复发。眼看灾难之日渐渐临近,他不思茶饭,胃痛难忍,靠服药度日。我很替他担心,所以昨天整个上午,不停地向他的管家打听消息。管家说,老爷上午脾气很坏,不肯离开屋子半步,甚至连花园也不去。不过,到了下午,管家又捎来口信,说老爷脾气好多了,因为最危险的午时已经过了,他并没有遭遇任何灾难。葛夫人为了让他高兴,劝他晚上请几个朋友来吃饭,他也同意了。被邀者除了我,还有大人的师爷潘有德,以及绸布帮会长。"

"晚宴在葛员外家的花园凉亭里举行。凉亭位于花园尽头,地势较高,俯视着河面。一开始葛员外情绪很高,他笑着说,看来神算卞福龙也有占卦不准的时候。然而,酒至半巡,他突然脸色苍白,说肚子痛得厉害。我打趣说,莫非你的心病又发作了。他显得很生气,说你们都是一些没有良心的家伙。冷不防,他站起身,喃喃地说要去屋内服药。"

"凉亭离屋子多远?"滕县令打断了冷青的叙述。

"大人,花园很大。不过,由于里面只有矮树篱,所以我们能清楚地看见屋子周围的平台。过了一会儿,月光下,平台上再次出现了葛员外的身影,只见他满脸血污,额上不停地冒血,大叫大嚷地奔进了花园。接着,他顺着花园小路,向凉亭跑来。我们三个人坐在那里,望着越来越近身影,吃惊得一句话也说不出来。谁知他跑到半途却突然离开小路,折向旁边的草地,然后径

滕县令听冷掌柜细述原委(高罗佩 绘)

自向前,翻过大理石围墙,跳进了河中。"

说到这里,这位钱庄掌柜已是泣不成声。

"死者在屋内的情况如何?"滕县令问。

"问得好!"狄公对乔泰道,"这正是问题的关键。"

"据葛夫人说,"冷青回答,"她家官人极其紧张地进了正房。正房直通屋外平台,之间有一条十尺长的狭窄走廊。进房后,他接二连三地诉说肚子疼,抱怨几个朋友没有心肝,对他一点也不同情。他的夫人极力安抚,然后去自己的房间拿药。等回来时,她发现自己的官人已经发狂了。他用力跺脚,无论怎样都不肯服药。突然,他转身向屋外平台冲去,这是他夫人最后一次见到他的身影。我想,他肯定是顺着低矮的走廊冲向平台时,头撞上了门上方的横档。走廊系后来搭建的,因为他希望能从正房直接走到平台。反正当时他肯定十分惶恐,思绪已经失去了控制,决心结束自己的生命。"

滕县令一直默默地听着。这时,他挺直身子,扭头问自己的师爷:

"你既然在场,想必察看了那条走廊。"

"是的,大人。"潘师爷恭敬地答道,"走廊里没有一点血迹,无论是地面,还是通往平台的门上方的横档。"

"河岸前面的围墙有多高?"滕县令问钱庄掌柜。

"大人,只有三尺。"冷青回答,"我总是劝葛员外把围墙加高,说不定哪天某个人喝多了酒,会不小心跌入河中。围墙外的河岸很陡,有一丈多高。然而葛员外说,他是有意把围墙建得这么低的,目的是能坐在花园里欣赏河面的风光。"

"凉亭有多少台阶？这些台阶是用什么做的？"滕县令又问。

"大人，台阶有三级，是用大理石做的。"

"你清楚地看见死者翻过围墙，跳入河中？"

冷青犹豫了一会儿，然后慢慢地回答：

"那里长着一些矮树篱。直至他不见了人影，我们才真正意识到发生了什么事，所以……"

滕县令向前俯身，打断了他的话。

"你凭什么认为他是自尽？"

"妙！"狄公轻声对乔泰道，"我的同僚问到了要害。"

"那老家伙干吗要跳河？"乔泰嘀咕道，"难不成想洗冷水澡？"

"嘘！听！"狄公制止了乔泰。

对于滕县令的突然发问，钱庄掌柜似乎感到十分吃惊，他结结巴巴地说道：

"我……反正……这是大家亲眼所见……"

"你亲眼所见的是，"滕县令再次打断他的话，"他脸上满是血污，而且先是奔向凉亭，然后改变方向，朝围墙跑去。你有没有想过，也许他头上的血流入了眼睛，所以把白色的围墙错认为是白色的凉亭台阶？也许他并不是翻过围墙跳河，而是被围墙绊入河中？"他见冷青没有吭声，继续说道："事实证明，葛员外的死因远远没有查清。本县暂且认定他是意外死亡，不是自尽。而且有关葛员外额头受伤的解释，本县也不满意。既然有这么多的疑点需要查清，葛员外的死亡就不能登记。"

他拿起惊堂木拍了一下案桌,结束了这次升堂。然后,他从座椅上站了起来,潘师爷连忙把绣有麒麟图案的帷幕掀开,滕县令便走了进去。通常县令的办公房就在公堂后面。

"退堂了!退堂了!"众衙役对百姓嚷道。

狄公和乔泰随着人群出了公堂的大门。路上,狄公说道:

"滕县令的判断完全正确。眼下所有的证据只能解释为意外死亡或自尽。我很想知道那个钱庄掌柜为何一开始就认为葛员外是自尽,还想知道葛员外进屋后的情况究竟如何。"

"这些谜团够滕县令绞尽脑汁的了。"乔泰兴冲冲地说道,"现在去品尝当地的佳肴,如何?"

三

在人声鼎沸的闹市区,他们看见一家颇为诱人的小餐馆,遂止住脚步。但见屋檐下挂着一排大红灯笼,灯笼上的字构成了颇带自夸意味的店名:"四海美食庄"。

"这家小餐馆肯定不错!"狄公笑道。他撩起洁净的蓝布帷帘,扑鼻而来的是令人大开胃口的葱油味。

他们点了可口的米饭、烤猪肉和腌菜。两人一边呷着当地酿制的烈酒,一边谈起这几天在平湖的经历以及一年来在蓬莱的经历。离开小餐馆时,狄公已经完全放轻松了。接着,他们兴致勃勃地漫步返回客栈。在灯火辉煌的商业街,他们不时停下来,看看当地小贩叫卖的特产,听听讨价还价的争执声。途中,狄公发觉乔泰很少说话。"怎么啦?"他问,"吃得不开心?"

"后面有人跟踪。"乔泰低声回答。

"有这种事?"狄公疑惑地问,"你看见他们啦?"

"没有,不过我有这种感觉。直至现在,这种感觉还没欺骗过我。走吧!容我略施小计,看看究竟是谁在跟踪。"

乔泰加快脚步,拐进了一条较为僻静的街道。他刚一转过街角,便猝然止步,拉着狄公一道藏在黑暗的门廊。两人细细观察街上过往的行人,然而,没有一张脸孔是他们熟悉的,行人也似乎对他们不感兴趣。他们继续步行,不过专挑行人稀少的偏僻街道。

"这样不行。"乔泰说道。此时,他们已经进入一条狭窄的胡同,"盯梢者一定是老手。大人,您最好先回客栈。看见了吗?马路前方有群乞丐,就在那个货摊前面。到了那里,我插进他们当中,您迅速转过街角。咱俩在客栈会面,我会拎着那个见不得人的盯梢者来见您。"

狄公点点头。两人走到那个货摊前面时,乔泰在那群破衣烂衫的乞丐当中挤挤插插,一会儿就不见了人影。狄公疾步转过街角,跑过几条弯弯曲曲的小巷,直奔熙熙攘攘的街道。一旦回到繁华大街,他向行人问路,很快就找到了客栈。

伙计端来了热茶,点燃了两支蜡烛。狄公坐在茶几旁边,一面喝茶,一面思索。说也奇怪,居然有人对他们的行踪感兴趣,不过乔泰对这类事的估计从未出过差错。无疑,在他的辖区蓬莱县,有几个地痞对他一直深怀敌意。然而,即便他们当中有人蠢蠢欲动,也不知道他要在威平县停留。这个想法还是在平湖府最后一天决定的。莫非平湖有人向蓬莱县的某个地痞通风报信?他抚着长须陷入沉思。

有人敲门,乔泰走了进来。他擦拭额上的汗珠,沮丧地说道:

"那家伙又从我手里溜走了!您猜他是谁?就是今天下午来找我们的丑八怪独眼龙。我见他鬼鬼祟祟地走了过去,忽而左,忽而右,好像在找什么人。当时我正站在那群乞丐前面,喝着从货摊买来的一杯凉饮。正当我推开众乞丐朝独眼龙走去时,他发现了我,一溜烟跑了。我追了一阵子,没看见人影。"

"这只狡猾的狐狸!"狄公道,"他究竟想干什么?你仔细想想,以前在蓬莱县,在平湖府,是不是见过这个人?"

乔泰摇摇头。他一边按照狄公的示意坐下,一边说道:

"我要是见过这个丑八怪,准能想起来。不过,别着急,现在我心里有数了。下次我们出去时,他肯定还会跟踪,到那时,我一把将他揪住。顺便告诉您,大人,您的同僚滕县令又有麻烦事了。有个女人被谋杀!"

"谋杀?"狄公惊讶地问,"是你亲眼所见?"

"没有,"乔泰回答,"不过,谋杀是肯定的。眼下只有我和一个老乞丐知道。"

"快把情况告诉我!"狄公急切地说道,"此事得马上告诉滕县令。"

"对,这样他也许有充分的准备。"乔泰表示同意。他给自己倒了一杯茶,然后说道:"事情是这样的。那家伙溜掉之后,我回货摊付钱,正要离去,一个老乞丐迟疑着走了过来,说,你大概是外地来的,对不对?我说,是的,你有何事?他把我拉到一边,问我是不是对一些价格非常便宜的金银首饰感兴趣。我想,不妨去看看怎么回事,就跟着他转过街角,到了一个江湖医生的家门口。此人借着门廊的昏暗油灯,出示了一对漂亮的金耳环和一对金手镯,说只要给他一些银两,就可以马上把这些东西拿走。我当然知道这些首饰是偷来的,心想是把这个老家伙揪到这里呢,还是直接带他上公堂。他见我不吱声,以为我害怕,便说:'放心,没事。这些首饰是从一具女尸身上扯下来的,该女尸就躺在北门不远的沼泽地里。除了我,谁也不知道。'我让他把事情的来龙去脉告诉我。他说自己在沼泽旁边的灌木丛有个窝,有时要到那里去睡觉。今晚他去那里,发现灌木丛藏着一具女尸。她身穿漂亮的织锦女服,看上去很年轻,胸口插着一把刀,已经死去多时了。他摸了摸她的两只衣袖,没找到一文钱,于是就扯下她的两只耳环和手镯,跑了。晚上那地方很冷僻,周围看不见一个人。他作为乞丐帮的一员,本来要把讨来的、偷来的东西交给帮主,再从帮主那里分得一杯羹。这帮主名叫'排军',是个恶棍。不过他想,这么好的东西交出去太可惜了,不如卖给陌生人,这样排军就不会察觉——迄今他对这个帮主还是甚感恐惧。"

"那个乞丐现在何处?"狄公问,"莫非他也从你手中溜跑了?"

乔泰搔了搔头皮。"不是的,"他显得有些尴尬,"他没有溜掉。不过,他看上去面黄肌瘦,确实像可怜的老乞丐。我打量了他几眼,觉得他根本不像杀人犯。接着,我仔细察看了耳环,发现上面有干了的血迹,可见他说这些东西是从尸体上扯下来的，并非谎言。我知道，要是将这个可怜的老乞丐扭送到公堂，该是怎样的结局。首先，差役会把他打得半死，而且等他出狱后，那个排军非剥了他的皮不可，因为他没有按规矩交出那些东西。那种人是什么货色，我早就领教过了。所以我掏出一串铜板，交给他，吩咐他赶快离开。我想，待会儿我们去县衙把这事告诉您的同僚时，您就说已反复盘问了那个老乞丐，但没问出什么，后来他就逃跑了。"

狄公若有所思地望着乔泰。

"你这样做肯定是很不妥当的。"过了一会儿，他说道，"不过，我明白你的苦心，一个老乞丐是没有机会进入贵妇人的宅邸的，而且贵妇人出门是坐轿，前后左右都有保镖。他说周围看不见一个人，这也是实话，要不然，他就不会剥死者身上的东西了。那个贵妇人显然是在别的地方被杀害，然后才被藏进灌木丛。我相信你这次不会有很大的干系。但是，乔泰，以后再也不要干这种重感情、轻理智的事了。现在我们就去县衙。这件事，滕县令必须马上着手调查。"他站起身，继续说道："把那些首饰拿给我看看。"

乔泰从袖口掏出两只耳环和一对金手镯，放在桌子上。狄公瞟了一眼，赞叹道："好精致的首饰！"他正要转身向门外走去，忽然想起什么，于是弯下腰，把蜡烛移近了一些，开始细看那些首饰。只见耳环做工相当细致，为银铸的细小莲花，边上一圈金丝，镶有六颗宝石。手镯是纯金做的，呈蟠蛇形，两颗大翡翠蛇眼在烛光下咄咄逼人。狄公挺直了身子，依然盯视着那些首饰，慢慢地捋着胡须。

过了片刻，乔泰着急地问：

"您是否改变了主意？"

狄公从桌上拿起首饰，放进了衣袖。他神色严肃地对乔泰说道：

"我看咱俩还是别把这事告诉滕县令，现在还不是时候。"

乔泰吃惊地瞪了一眼。他正要向狄公问个明白，门突然开了，那个瘦骨嶙峋的独眼龙冲了进来，只见他急切地说道：

"他们来抓你们了。没想到这么快，你们去县衙是自投罗网。此时班头正在门口，问你们住在哪个房间。不过别着急，我帮你们逃走。跟我来！"

乔泰气呼呼地正要回话，被狄公制止了。随后，狄公犹豫了片刻，对独眼龙说："带路！"

独眼龙领他们出了房门，迅速将他们拖进了狭窄的走廊。他似乎对客栈的布局相当熟悉。两个人跟着他进入漆黑、污秽的过道，又穿过一扇破门，到了黑漆漆的弄堂。然后，他们跟着在垃圾堆里行进，空中飘忽着油味，这说明，他们已经来到客栈厨房后面。过了一会儿，独眼龙又打开一扇门，领着他们走了进去。原来这是隔壁大酒馆的后门。他们跟着喧闹的顾客挤挤插插，出了前门。接着，他们穿过几条迷宫似的街道和胡同，时而上坡，时而下坡，时而向左，时而向右，不久狄公就已经给弄得晕头转向了。

而后，独眼龙突然止步，狄公不胜防备，差点撞上他的身子。三个人站在一条黑魆魆的胡同入口。独眼龙指着远处唯一亮着灯光的窗户，说道：

"那是凤凰客栈,你们在那里绝对安全。告诉排军,是孔山让你们来的。咱们后会有期。"这时,乔泰想抓住他,但未及伸手,他已灵巧地转身,消失在黑夜之中。

四

乔泰十分不悦，愤愤不平地说道：

"大人，无论如何您得承认——这不是明摆着的吗？虽然该客栈名字好听，但是个贼窝。"

"我当然知道是贼窝。"狄公平静地回答，"不过，万一我们发现这个独眼龙同排军一道，正在搞什么肮脏的勾当，我们至少能知道，他们为何对我们感兴趣。必要的话，我们就杀出去。如果不是这样，那么排军和他的手下就是我们用得着的人。我需要他们帮忙解决一个非常烦恼的难题。无论如何，我们一开始得扮演好孔山为我们分派的角色，即拦路打劫的强盗。走吧！"

乔泰咧嘴而笑。他勒紧裤带，说道：

"说不定我们要在这里大干一场！"

他们继续往前走,来到一间破烂不堪的木板房前面。该木板房上下两层,从一扇亮着灯光的窗户,传出了十分嘈杂的说话声。乔泰上前敲了敲门,说话声戛然而止。接着,装有格栅的窥视孔打开了,一个粗哑的声音喝道:

"什么人?"

"两个人来找排军!"乔泰吼道。

之后是一阵移动门闩的声音。一个蓬头垢面的人拉开了门,领他们进了一个低矮的大房间。房间内充满了汗臭和劣质酒味,里面光线暗淡,仅有一盏冒着青烟的油灯。开门的人显然是个酒保,他径自向后面的高柜台走去。从柜台后面,他朝两个客人怯怯地看了几眼,然后嘟囔道:

"掌柜的还没回来。"

"我们等他。"狄公说着,走向窗户旁边的一张小餐桌。他重重地坐在椅子上,面对整个房间。乔泰坐在狄公对面,绷着脸对身后的酒保喊道:

"来两杯酒,要最好的!"

靠柜台的另一个角落有张较大的餐桌,那里坐了四个赌徒。他们狐疑地抬起眼睛,朝狄公和乔泰看了一阵子。立在柜台旁边的一位年轻姑娘,也瞪着淫荡的双眼,朝他们上下直打量。她穿着黑色长裙,腰部系有红巾,上身是墨绿色的开口短褂,露出标致的胸部,头上还插有一朵枯萎的红花。她打量完之后,开始对身旁的小伙子低声说话。这个小伙子长得眉清目秀,但脸上同样有淫邪之气。只见他耸耸肩,猛地将她推开,然后背靠柜台,看那四个男人赌博。

一个胡须蓬乱的瘦子从葫芦瓢里抓起两颗骰子不停地摇动，然后松开手，拉长声音说道：

"两个四点，四个斗鸡眼婊子！"

紧接着，一个身宽腰阔的秃子也捧起了葫芦瓢。他松手后，恶狠狠地骂了一句：

"一个三点，一个六点。他妈的，今晚老子倒霉透了。"

"你玩这个还嫩了点。"背靠柜台的小伙子讥笑道。

"童生，你逞什么能！"秃子低吼道。这时，另一位赌徒松开了手里的骰子，他猛地一拍桌子，大声嚷道：

"两个八点，两口漏棺材，棺材抬上街，还要找死人。我赢了！"

酒保把两杯酒放在狄公的餐桌上。"六个铜板！"他不友好地说道。

狄公勉强地数了四个铜板，放在桌子上。"我不管到哪里，每杯酒最多付两个铜板。"他说道。

"再付一个铜板。要不，立刻走路。"酒保道。

狄公又给了他一个铜板。他刚一离去，狄公对乔泰大声说道："该死的骗子！"

酒保恼怒地转过身子。

"狗杂种，想打架，是不是？"乔泰挑衅地说道。酒保思量了一下，决定不接受这个挑战。

房间另一头传来了咒骂声，只见秃子朝那个小伙子吼道：

"我告诉你，别管我们的闲事，还轮不到向你讨教呢！你连参赌的铜板都没有，还逞什么能？童生，赶快闭嘴！"

"这小子无非靠那婊子给点倒贴。"另一个赌徒说道。接着,他对着童生:"要是让排军知道了,够你受的,臭相公!"

那个小伙子攥紧拳头向他冲去。然而,未等他靠近,秃子截住他,伸出拳头朝他的肚子狠狠一击,他不由得跟跄后退,靠着柜台喘气。四个赌徒哈哈大笑。那个姑娘惊叫一声,上前搂住他。他对着痰盂呕吐,好一会儿,终于脸色苍白地直起了身子。姑娘紧抓他的衣袖,低声说些什么。"臭婊子,别管我!"他说完,打了她一个耳光。姑娘回到柜台后面,掩面哭泣。

"这伙人甚是有趣!"狄公对乔泰说道。乔泰不悦地盯着手里的酒杯,嘟囔着:

"这酒比从货摊上卖的还要差!"然后,他扭转身,朝那个姑娘盯着看了一会儿。姑娘靠着柜台,用衣袖擦拭眼睛,然后两眼呆看前方。"那妓女要是不抹胭脂口红,看上去还舒服些。总之,她的身段很好。"乔泰说道。

那个小伙子恢复了常态。突然,他从腰间拔出了一把刀。然而,酒保冲出柜台,从后面抓住他的手,猛地一扭,刀当啷一声掉在地上。"要知道,小子,排军不许咱们械斗!"酒保平静地劝说道。

秃子起身捡起那把刀。他挥拳朝那个小伙子脸上狠狠一击,顿时,小伙子脸上血流如注。

"这么说,你今天已经动刀了,对不对?"秃子得意地说道,"他们在你额上划了一道深口子。小孩子不许玩刀!"

这时,门上重重地响了两下。

"排军来了!"秃子说着,迅速上前开门。

一个五短三粗的男人走了进来。他长着一张阔脸，上面满是褶皱，杂乱的连鬓胡子，短粗的髭须，头发灰白，额上系了一条汗巾。他下身穿着宽松的蓝裤，上身是一件敞开的背心，露出浓密的胸毛和粗壮的胳膊。对于秃子的恭敬，他没有做出任何反应，旁若无人地向柜台走去。

"从我自个的酒坛倒一大碗酒来！"他大声吩咐酒保，"告诉你们，刚才出了点事，好不容易才脱身。一个人要想在这繁华的县城体面地活下去，真难哪！不管走到哪里，都碰见官府的人。"他咕咚咕咚喝了几口酒，抹了抹嘴唇，对那个姑娘嚷道："婊子，干吗站在那里流泪？"然后，他对着酒保："老弟，给她也倒碗酒。怪可怜的，她这人活得也不轻松。"

他的目光移向那个正在擦拭脸上血迹的小伙子。"童生怎么啦？"他问。

"掌柜，他对我动刀子！"秃子回答。

"他动刀子？臭小子，过来！"

那个小伙子战战兢兢地向前挪步。排军以蔑视的目光瞅着他，嘲笑道：

"原来你喜欢动刀子，是吗？好吧，今天我就看看你怎样动刀子！"

排军的手中拿着一把明晃晃的长刀。他伸出左手，揪住童生的衣领，酒保吓得把头埋在柜台下面。但是，那个姑娘迅速走出柜台，把手搭上排军的肩膀。

"放了他吧，我求求你！"她急切地说道。

排军把她的手从自己肩膀上甩开。此时他看见了坐在窗户旁

凤凰客栈的酒馆(高罗佩 绘)

边的两个人，便猛地将浑身发抖的童生推到一边，一面向前走，一面说道："老天爷，这个大胡子是谁？"

"掌柜，他们是陌生人！"童生讨好地说道，"刚才进来的。"

酒保又把头探出柜台外，阴险地说道：

"掌柜，那个大胡子骂我是骗子！"

"你是不是骗子，大家都知道！不过，对于该死的陌生人，我并不信任。"排军径自走到狄公的桌前面。"你们打哪里来？"他不客气地问。

"我们遇到了一点麻烦。"狄公回答，"孔山送我们来这里的。"

排军疑惑地看了他们一眼。他拖过一把椅子，坐了下来，说道：

"我和孔山不是很熟。你们遇到了什么麻烦，说吧！"

"我俩是纯粹的生意人，"狄公说道，"只想老老实实地过活。今天上午，我们在山里碰见一个商贾。他对我们颇有好感，送给十两银子当见面礼。之后，他留在路边小睡，我们继续赶路，进城贩货。谁知那商贾醒来后大发雷霆，上公堂告状，说我们抢了他的银两。差役来抓我们，孔山便领我们到了这里。其实，这只是个小小的误会，都怨那个商贾醒得过早了。"

"有意思！"排军笑道。接着，他又怀疑地问："你干吗留那么长的胡子？说话又是文绉绉的？"

"这大胡子嘛，"乔泰回答，"是为了取悦自己的老爷留下的。早年他在衙门里当班头，可是，他不等拿到俸禄，就被迫离开了，原因是有人误以为他拿了衙门里的银两。顺便问一句，你是不是也当过班头？看样子，你有盘根问底的习惯。"

"我得弄清楚情况，对不对？"排军气呼呼地回答，"别指桑骂槐！告诉你，我姓刘，以前从未当过衙门班头，但属行伍出身，曾是西军丙营区的一名排军。你那榆木脑袋听明白了吗？"接着，他问狄公："孔山是你的老朋友？"

"不是。"狄公回答，"今天是我们第一次见面。差役来抓我们时，他刚好在场。"

"好！"排军赞赏道，"咱们干一杯！"他大声吩咐酒保倒酒，酒保便提着酒坛跑了过来。排军一边和两人碰杯，一边问：

"昨天你们在哪里？"

"在蓬莱。"狄公回答，"那地方，我们不喜欢。"

"为何不喜欢？"排军咧嘴笑道，"我听说那里新来了一位县令，名叫狄仁杰。这人脾气极其暴躁，一个星期前，他下令把我的一个朋友的头给砍了。"

"这正是我们离开那里的原因。过去我们经常和屠夫在一起，就住在他的客栈，那客栈离北门不远。"

排军猛地一拍桌子。

"老弟，你怎么不早说？狗杂种孔山哪里比得上屠夫！这屠夫是直性子，大概脾气有点坏，喜欢动刀子。我和他说了一千遍，将来要出事的，他就是不听。"

狄公对于排军赞同他对屠夫的判决，颇感高兴。这个屠夫曾凶残地将一个人砍死，狄公就在离开蓬莱去府衙之前，判处这个人斩首示众。他问："孔山是你一帮的吗？"

"不是，他单独干。他以偷盗为生，据说本领十分高强。不过他为人吝啬，好争吵，所以我不乐意他常来这里。不过你们俩不一样，我必须收留，因为你们是屠夫的朋友。你们只需交一串铜板作为入伙费，就可以在这里住下去。"

狄公从衣袖取出一串铜板。排军接过后朝秃子远远一抛，秃子灵巧地将钱接住。

"我们只打算在这里住几天，"狄公说道，"等风声过了就走。"

"就这样走了。"排军说道。接着，他朝那个姑娘喊道："来，竹香！接待两个新房客！"

竹香走到餐桌前面，排军伸出胳膊搂住她的腰，对狄公说道：

"这是我们的女管家。从前，她当婊子为生，不过容颜未衰，对不对，竹香？如今她只偶尔上街，赚件新衣服什么的，也就是说，来点外快。她归我和秃子共有。一来秃子是这里的二掌柜，二来这里的钱财归我俩共有。"他若有所思地望着狄公，突然问："你会不会一点墨水？"见狄公点头，他来劲了。"老弟，干脆多住些时候。睡觉在楼上，吃饭在这里，要是闷得慌，不时带竹香玩玩，我也不介意。竹香，别不高兴，你会习惯这个大胡子的。"他捏了捏噘着嘴的竹香，继续说道："要知道，老弟，这里的事够我伤神的。我手下有七十几个乞丐，每隔一个晚上，他们要来这里算账。二成归我，一成归秃子，一成归这个客栈。我是个粗人，不会墨水，算账靠画圈和写"十"字。童生本来可以帮我，但那些人不买他的账。至今，他们还不信任他。一开始,你从我这里拿半成,其余赚的全归自己。怎么样?同不同意?"

"你很慷慨,"狄公回答,"不过我还是想尽快离开这里。要知道,我不愿背着谋杀的罪名。"

排军推开了竹香。他把两只大拳头搁在腿上,绷着脸问:

"谋杀?在哪儿?"

"我在集市听人说,沼泽地里躺着一具女尸。我和这位同伴只愿意打劫,因为从长远看,不会出太大的事。可谋杀就不同了,那是要偿命的。"

"秃子!"排军吼道。秃子连忙跑了过来,"城外躺着一具女尸,怎么没听你禀报?这是谁干的?"

"掌柜,我没听说哪个女人被杀,千真万确!"

"我去看看怎么回事,行吗?"狄公说道。

"莫非她是你杀害的?"排军恶狠狠地问。

"我要杀了她,还会主动要求追查这件事吗?"狄公讥讽道。

"这倒也是。"排军咕哝道。他摸了摸满是皱纹的扁平额头,阴郁地盯着手里的酒杯。

狄公起身,说道:

"你派一个人从后街领我去那里,让我看看是怎么回事。别忘了,我曾经当过班头,见过各种各样的尸体,说不定我能替你查出是谁干的。"

排军迟疑着。过了一会儿,他抬起头,说道:

"好吧,让童生领你去,别人走不开。很快,我的人就要来算账了。喂，童生，你给大胡子带路！"

"老弟，你最好留在这里！"狄公对乔泰说道，"我俩都去，说不定会引起官府里的人注意。"

乔泰听着，心中充满了惊诧。他咕哝了两句，提起酒坛，急急地给自己倒酒。

五

一路上,童生领着狄公专走冷僻的街道和胡同。两人到了城北,童生解释道,整个县城建在山坡,凤凰客栈位于坡中,城北位于坡底,也就是说,地势最低。狄公没说什么。此时,他陷入深思。显然,排军对这个女人被杀,以及对孔山的用意都一无所知。一系列的事实证明他的做法是对的,不过……

"白天从这片沼泽地经过的人多吗?"他突然问童生。

"上午那里有很多人走过。"童生答道,"他们多半是住在北门外平原地带的农人,带点蔬菜之类的东西来赶集。不过,到了晚上,那里相当僻静。据说闹鬼。"

"官府为何没有想到要把这片沼泽填平?"

"四年前这个县发生过大地震。当时我十四岁,对地震的情况记忆犹新。那时城北受灾最重,房屋全倒塌了,起了大火。嘿!那光景,你要是看了,准会觉得有意思。满身着火的百姓冲到河里,哭喊着自己要死了。我一辈子从未那样笑过。不过,可惜的是,那场大火并没有烧到县衙。后来,人们开始清理那片废墟,发现那里的地面陷得比河床还要低,到处都是水洼,已经不适合居住。于是,他们就任其荒着,现在长满了野草和灌木丛。"

狄公点点头。他想,凡是温泉多的地方,地震也很活跃。

他们转入一条偏僻的小街,街道两旁立着黑黝黝的房屋。月光下,房屋的斜顶显得格外清晰。

"说实话,我很想脱离排军的乞丐帮。"童生继续说道。

狄公飞快瞟了他一眼。他原以为这个小伙子是个十分莽撞的家伙,现在看来,是小瞧他了。

"现在就走?"他不露声色地问。

"那是当然!"童生自傲地回答,"你可以看出,我和那些叫花子完全不同。家父是教书先生,我从小读了很多书。我离家出走,是因为我想成为了不起的人。但出于无奈,我加入了排军的乞丐帮。他们只会在城里乞讨,搞点小偷小摸。可就是这群蠢猪,出于嫉妒,经常对我百般嘲笑。"

"我明白了。"狄公说道。

"你和你的朋友不一样。"童生继续卖弄地说道,"我敢说,你俩杀过人。你对排军说你不喜欢杀人,我想是因为你听酒保说排军不让在城里杀人。至于我,别担心,杀人再多也不怕。"

"还有多远？"狄公问。

"走过下一条街就到了。街的尽头是县衙，县衙后面是荒凉的废墟。我说，你当班头的时候是不是经常折磨女人？"

"咱们走快些！"狄公搪塞道。

"我敢说，你用灼红的烙铁烫那些女人的时候，她们肯定像杀猪似的嗷嗷叫。女人都喜欢我，但我不买她们的账。那些蠢货！她们接受酷刑时，是不是胳膊也被扭断？她们叫得厉害吗？"

狄公伸出五根铁钳般的手指，紧捏他的胳膊肘。童生痛得大声叫喊。过了一会儿，狄公松了手。

"该死的强盗！"童生用另一只手托着被捏痛的胳膊，哭骂道。

"你不是问，她们叫得厉害吗？"狄公不动声色地说道，"现在你有答案了。"

俩人默默地在断垣残壁中迂回前进。眼前出现一片很宽的荒地，野草、灌木丛密密匝匝，上空笼罩着灰蒙蒙的浓雾。远处隐约可见北门城墙上瞭望塔的垛口。

"这就是你要来的沼泽！"童生愠怒地说道。

周围一片沉寂，远处市中心的喧哗一点也听不见，耳边响起的唯有野鸭的凄凉叫声。

狄公顺着沼泽边缘的泥泞小路向前走，仔细地搜索灌木丛。突然，他止住脚步，但见灌木丛中有一个红闪闪的东西。他三步两步奔上前，靴子在泥泞中格叽作响。接着，他拨开枝叶，一具尸体映入了眼帘。这具尸体从脖颈到双脚皆裹在金线刺绣的红色织锦袍服里。

他默默地弯下腰,盯着女尸的脸庞看了一会儿。五官匀称、秀美,神态极其安详;头发特别长,呈现丝绸般的亮光,用一根粗棉布条胡乱地束在脑后。约二十五岁。耳环已被扯掉,耳垂仅有几滴血。他掀开女尸的袍服,又急忙盖上。

"你去路上望风!"他生硬地吩咐童生,"有人来了,就吹口哨。"

童生无声息地离去,狄公重新掀开裹着女尸的袍服。除了那袍服外,女尸一丝不挂,一把短剑从左侧乳房直插胸部,露出剑柄。剑柄周围有一摊干涸的血。他继而细看那剑柄,发现其质地为白银,上面镂刻了美丽的花纹,不过年代已久,呈现出黑色。他断定,这把短剑是一件稀世古董,只因那个乞丐不识货,在盗窃耳环和手镯的时候,没有拔出带走。他摸了摸那只乳房,表面冷而黏湿,接着又抬起她的一只胳膊,觉得还有弹性。看来,这个女人被害的时间不过几个时辰。他想着,这安详的神态,简便的发型,裸露的胴体,赤裸的双脚,都说明她是在床上熟睡时被害。而后,谋杀者仓促束起她的头发,用袍服裹起她的身子,搬到了这里。事实与他的推理完全吻合。

他拨开头顶上方的枝叶,让月光倾泻在女尸的胴体上。然后,他蹲下身子,卷起衣袖,细查女尸的阴部。他精通医学,对仵作之术也有专门的研究。当他在水草洼里洗手时,脸上露出了迷惑的神色。这个女人曾经被强奸,此项发现似乎否定了他的整个推断!他站起身,将尸体用红色织锦袍服重新裹好,并把她拖到稍远的稠密灌木丛中,以防路人看见。然后,他返回那条小路。

童生正坐在一块大石上，小心抚摸自己的胳膊肘。"这只胳膊已经完全麻木了！"他咕哝道。

"你惹恼了我！"狄公冷冷地说道，"在这儿等着，我到那边有人家的地方去看看。"

"别把我一个人扔在这里！"童生哀叫道，"他们说，晚上这里闹鬼，许多在地震中烧死的鬼魂常来这里游荡。"

"那就糟了！"狄公说道，"刚才你不是说，你觉得他们的哭叫有趣吗？那些鬼魂准听见了。不过别怕，我有办法。"他嘴里念念有词，绕着那块大石慢慢地走了三圈。"现在没事了！"他说道，"这法术是我向一个年老的游方道士学的，鬼魂不可能进来。"

狄公说完后就离去了，他确信这小子不会在他离开的时候盗尸。

一旦穿过那片废墟，他便来到一排房屋前面。他走过街角，看见了白天他和乔泰一道喝茶的那个茶馆，茶馆里还亮着一盏油灯。他继续往前，不一会儿，便来到县衙大院的后门。他上前敲了敲门。

六

出乎狄公的意料,门很快就开了。老管家以欣慰的口气说道:

"这么说,您已经看到了班头在客栈里的留言了。沈相公,我家老爷一直没睡,正盼着您来呢。"

他径自领狄公去滕县令的书房。只见滕县令正坐在书桌后面的太师椅上打瞌睡,两支白色大蜡烛映着他憔悴的脸庞。老管家叫醒了他,他连忙走出桌后,迎接狄公。一旦老管家离去,他激动地说道:

"谢天谢地,您终于来了!要知道,我可是心急如焚,迫切需要您给我拿主意。请坐!"

两人在茶几旁边坐下。狄公说道:

"我想,是关于您夫人被害之事。"

"您是如何知道的?"滕县令惊诧地问道。

"我先把知道的告诉您,然后您再做解释。"

滕县令用战栗的手托起茶杯,不觉溅了些茶水在光滑的桌面。

"今天下午我来拜访时,"狄公说道,"意外地发现您的心情极其烦乱。后来,出于对您的关心,我向潘师爷打听了您的情况。他说,整个上午您一直很好。于是我猜想,就在我来访之前,您受到了很大的惊吓。记得您的管家曾问夫人在哪里,您说午休时,她突然上姐姐家去了,说是她姐姐捎来口信,有急事。然而,管家又说,卧房的门是锁着的。这使我感到惊讶和不解,为何您的夫人走时要将卧房的门上锁呢?无疑,奴婢们是要进房打扫和清理的。管家还说,卧室前面的一个古董花瓶被打碎了,您听了之后并不感到意外,脸色相当平静。但后来,我听师爷说,那花瓶是祖传之物,您向来看得很重。可见您早已知道花瓶被打碎,只不过此时您无暇顾及,因为有更重要的事困扰您。由此我推断,午休时,您的夫人肯定在卧室出了什么事,让您对此感到极为不安。不过,由于这是您的家事,我也就没有过多思索。"

狄公呷了一口茶。他见滕县令没有吭声,便继续说道:

"之后,我偶然拿到几件金银首饰,这些首饰是某个乞丐从一具女尸身上盗来的,女尸据说躺在城外沼泽地里。在这些首饰中,有一对银耳环十分精致,形状是一朵莲花,镶着金丝和宝石。虽然银莲花的价值远远低于金丝和宝石,但显然有独特的涵义。我怀疑这是您夫人的，因为她的名字叫银莲。当然，我不能肯定这县城没有第二个叫银莲的。不过，想到您的心情烦乱以及夫人猝然外出，我怀疑这事与您有关。

"正当此时，您的班头来客栈找我。我想，准是您需要我对这事拿主意。不过，在我见您之前，我得把女尸命案弄清楚。于是急急地从后门离开客栈，找了个人带我去沼泽。我细查了那具女尸，无疑，她是个贵妇。而她的一丝不挂，又说明她是在床上被杀的；再由尸身的情况可以证明，她被杀的时间是在正午。因沼泽靠近县衙，我推断她就是您的夫人。她是午休时在自己的卧室里被杀，然后等到天黑才被挪到沼泽地。晚上这一带相当僻静，加之您的住宅后面有一条秘密通道直连冷僻的小街，所以搬运尸体不会被人察觉。我说得对不对？"

"狄大人，上述推断完全正确。"滕县令慢慢地说道，"不过……"

狄公扬了扬手。

"在听您做任何解释之前，我得陈述一下自己的观点。无论这里发生了什么事，我都会鼎力相助。不过，别指望我做出违法或伤天害理的事来。所以，我要您在说这事时，言语必须绝对真实，必要的话，还要拿到公堂上做证。您细细思量吧，咱们这场谈话要不要进行下去。"

"我完全明白您的意思。"滕县令以沉闷的声音说道，"这场悲剧无疑要在刺史大人面前曝光的。您只要听我说出事情的来龙去脉，然后教我怎样辩护，就是帮我最大的忙了。因为我确实杀害了自己的妻子。"

"为什么?"狄公平静地问。

滕县令往椅后一仰,疲惫地说道:"说来话长。事情起因于七十年前。"

"可是您不到四十岁,您夫人也才二十五岁,是不是?"狄公惊讶地问。

滕县令点点头。他问:"狄大人,不知您是否了解本朝征战历史?倘若您熟悉,一定知道滕国耀这个名字。"

狄公扬起两道浓眉。

"滕国耀……"他竭力思索,"让我想想。有一位骁将叫这个名字,在征战中亚时,他非常勇猛。但正当朝廷期待他再建奇功时,他却突然辞官,因为……"他顿时停住了,吃惊地扫了滕县令一眼,"哦,那将军是您的祖父?"

滕县令慢慢地点头。

"正是。现在我替您把不便说的话说完。后来,他不得不提前告退,因为在一次疯病发作时,他刺死了自己最好的朋友。虽说他被朝廷定为无罪,但必须辞官。"

书房陷入沉寂。过了一会儿,滕县令继续说道:

"我父亲身体强壮,精神正常,所以我想,自己不至于会遗传这种疾病。八年前,我娶了银莲,我俩可谓天生一对,感情非常融洽。外传我不好女色,那是因为没有哪个女子比得上我的爱妻。然而,七年前的某一天,银莲发现我不省人事地躺在卧室的地板上。我醒来时,发现自己病了,脑子发热,幻觉不断。我迟疑了半天,决定把真情告诉银莲。在疾病发作时,我梦见自己杀死了一个男子,并为自己的残暴行为感到得意。我对银莲说,我遗传了那该死的疯病，她不能和一个疯子过生活，要想尽设法与我速速分离。"

他掩面而泣。狄公望着这个备受折磨的男人，心中充满了同情。滕县令控制住自己的情绪，继续说道：

"但银莲坚决不从，说绝不离开我。她说会对我悉心照料，确保我的疾病再度发作时不会有不测之事发生，何况我生病不一定是遗传了疯病，也许是别的什么原因。我继续劝说，但她无论如何不从，说再要相逼，她就自尽。可怜我有什么办法，于是……我俩尚无子女，而且决定不要子女，只希望共同的书斋生活能代替儿孙满堂的欢乐。如果说外面的人觉得我冷漠，没有情感，狄大人，想必您是能理解其中缘故的。"

狄公默默地点头。当一个人遭遇到如此大的悲哀时，他还有什么欢乐可言？滕县令继续说道：

"四年前，我的疯病再次发作，过了两年又发作了一次。后一次发作时，我变得极其狂躁，银莲不得不逼我吞下催眠药，以防我做出凶猛之事。她的不懈努力是我的唯一安慰。然而，一个月前发生的一件事，又将这安慰夺去了。从此，她再也不能为我分担忧愁，我完全被那个漆画屏风给控制了。"

滕县令停了下来，指了指狄公身后的高大漆画屏风。狄公扭转身子，注视着屏风。烛光不停地闪烁，在精美的雕刻画面留下了怪诞的阴影。

滕县令合上了眼睛。"您不妨上前看看上面的图画，"他以平和的嗓音说道，"我详细解释给您听，一点一滴都印在我的脑子里。"

狄公起身走到屏风面前，这是四块面板组成的屏风，每块面板均有一幅精美的雕刻图画。板料漆成红色，上面嵌着星星点点的翡翠、珠母和金银细粒。这是一件稀世古董，他想，至少有两百年之久。他依旧伫立在屏风前，听滕县令用近乎冷漠的声音对上面的四幅图画进行解说。

"像大多数屏风那样，这四幅画分别涵盖有春夏秋冬四个季节发生的事情。左边第一幅为春。画面是，一个秀才在自家门前松树底下读书时入睡，他的书童在一旁沏茶。秀才梦见四位小姐，她们个个生得美丽，但只有其中一位，引起了他的爱慕。

"第二幅为夏。夏象征着飞黄腾达。此时的秀才正要进京赶考，以踏入仕途。他骑在马上，后面跟着书童。

"在第三幅画中，秋天到了。这是收获的季节。这秀才已经通过了科举，上了皇榜，做了大官。他身穿朝服，坐着马车，后面跟着一个手执大扇的侍从。这大扇表示他的地位很高。马车经过一栋房屋的露台前面时，他看见了昔时梦中的四个小姐。他渴望和自己爱慕的那一位结为夫妻。"

滕县令停了下来。狄公继而站在第四块面板前，好奇地上下打量。

"第四幅为冬季。"滕县令继续说道，"这是扪心自省的季节，也是悠然享受的季节，描绘了夫妻恩爱的幸福。"

狄公望着画面里的那对夫妇。金碧辉煌的官邸里，两人坐在桌后，彼此挨得很近，丈夫一手搂着妻子，一手将酒杯送到她的嘴边。狄公转过身子，刚要返回自己的座位，滕县令迅即说道：

"您再仔细瞧瞧！这屏风是我娶了银莲后不久，在京城一家古董店买的。当时我一眼就看中了，虽说价格很高，我还是典当了一些东西才买下。要知道，上面的四幅画恰好代表了我一生当中的四个阶段。我在家乡读书时，确实梦见过四位小姐。后来，我又确实到了京城，在坐着马车经过一栋两层楼房时，见到了自己梦中的四位小姐。原来那楼房是已经辞官的刺史吴大人的官邸。而且我确实娶了他的第二个女儿银莲，亦即我梦中爱慕的那个小姐为妻。这个屏风是我俩最珍贵的东西，总是形影不离，迁到哪里，就搬到哪里，不知有多少次，我俩一块儿坐在屏风前面，模仿画中的每一个细节，谈论相恋和婚姻。

"大约一个月前，一个十分炎热的下午，我吩咐管家搬了一张竹榻进书房。竹榻就放在屏风前面，因为那里比较凉快。我卧在竹榻上，头对着第四幅画，画中的恩爱夫妻映入了我的眼帘。突然，我惊呆了，浑身起了鸡皮疙瘩。原来，画面已经改变，那个丈夫正拿着一把尖刀刺向妻子的胸膛！"

狄公吃惊地叫了一声。他俯身细看那部分画面。他注意到，那个丈夫搂抱妻子的左手捏着一把尖刀，刀口直指她的心脏。构成这把尖刀的图案是许多镶嵌在屏风上的细小银粒。狄公一面吃惊地摇头，一面回到茶几旁边，坐了下来。

"我不知道画面是何时改变的。"滕县令继续说道，"惊恐之下，我细查那部分图案。我想，也许是工匠制作屏风时，不小心将一条狭长的银片落在未干的油漆表面，后来银片虽然剥去，但留下了不祥的图案。然而不久，我又发现，造成这图案的银片是后来压上去的，技法相当粗糙，因为周围有微细的红漆磨损。"

狄公缓缓地点头,他也注意到这个情况。

"因此,唯一的可能是,我在一次已经完全忘却的疯病发作中,做了这个改变。而从这个可能又推断出另一个可能,那就是我在失去理智的情况下曾想杀银莲。"

滕县令抹了一把脸。他盯着屏风看了一会儿,然后迅速转移视线,接着哽咽地说道:

"从此,那屏风让我昼夜不安。前不久,我做了几次杀害银莲的梦,梦境十分可怕,令人窒息,出汗不已。哪怕醒着,也时时受折磨。那屏风一直留在我的脑中……而我又不能把这些告诉银莲。她可以容忍一切,但不能容忍我和她反目,哪怕我是在精神错乱中表现出来的行为。我知道,那会伤透她的心。"

滕县令茫然正视前方。而后,他竭力控制住自己的情感,以平淡的话音继续说道:

"今天,我俩一块儿去屋外,在花园的一个阴凉角落里吃午饭。之后,我觉得空气沉闷,心情烦躁,心想要犯头痛病了,便对银莲说,我要去书房看几份公函,在那里午休。然而书房也很热,我无法集中精神,遂决定去银莲的卧室。"他站起身,接着说道:"来,我给您演示当时的情况。"

他端起一盏烛台,两人一块儿离开了书房。滕县令领着狄公穿过一条弯曲的走廊,来到一个狭小的过道。他拉开房门,让狄公从门口观察外间的梳妆室。梳妆室右边立着一张很大的带有圆镜的红木雕花梳妆台,左边面对着一扇小门,有一张低矮的竹榻,地上则铺着晶亮的红大理石,当中摆着一张乌木雕花小圆桌。"这张圆桌，"滕县令说道，"放有我打破的古董花瓶。左边小门外有一个天井，天井里有观鱼池。银莲的贴身丫鬟经常睡在门前的竹榻上。对面的红漆宽门通往银莲的卧室。请在这里稍候。"

他跨过门槛，从胸前掏出一串钥匙，打开了红漆宽门。他把门推开一半，然后回到狄公身边。

"今天下午，我走进梳妆室，见那个丫鬟正在竹榻上熟睡。那扇红漆宽门，记得也是这样半开着，我能看见室内一部分的床，看见银莲赤裸地躺在床上。她睡得正熟，身子微向里侧，头枕在右臂上，虽然整个胴体暴露，但右腿搭着左腿，下身看不见。平素她颇感自豪的云鬟已经松开，像一块黑绸散落在双肩，倾泻到床沿下。我正要上前把她唤醒，忽然眼前一黑，便什么都不知道了。

"等我醒来，发现自己躺在梳妆室的地上，周围是那个古董花瓶的碎片。我两眼发黑，头裂开般的疼痛，心跳得慌。我看了看那个丫鬟，她仍在熟睡。我挣扎着爬起来，跌跌撞撞地进了卧室，见银莲还睡着，姿态仍和原来一样，便欣慰地吐了口气。谢天谢地，不知不觉，我已经度过了疯病的危险期。然而当我走到床边，突然看见自己在精神错乱中所做的事，只见我那把古董短剑插在她的胸膛，她已经死了。"

他背靠门把，双手掩面，开始轻轻地啜泣。

狄公迅速进了卧室，察看那张宽床。床上铺着细软的芦苇席，枕头旁边有几滴血迹。他抬起头，看了看墙壁，发现窗户旁边用丝绸带子悬着一只短剑空鞘，空鞘旁边是一把精美的古剑，鞘上嵌着铜钉，还有一把七弦古琴。那扇唯一的窗户已牢牢地插

滕县令发现自己妻子已死(高罗佩 绘)

上雕花木闩，竹子质地窗格也糊着厚厚的白窗纸。室内的家具仅有一张檀木小茶几和两张同样质地的凳子，均雕着古色古香的花纹。一边角落，整齐地叠着装放四季衣服的四只红皮箱，也同样饰有精美的镀金图案。

他回到滕县令身旁，低声问：

"在那之后，您又做了些什么？"

"那时我又惊又怕，完全不知所措。我跑到室外，锁了门，挣扎着回到书房。慌乱中，我不顾头晕，想悟出事情的真相。这时管家进了书房，说您来了。"

"真对不住，我来得很不是时候！"狄公追悔地说道，"当然，我没想到……"

"我应该向您道歉，没有好好地接待您。"滕县令一本正经地说道，"现在回书房吧？"

两人重新坐在茶几旁边。滕县令说道：

"您走后，我的身体稍有恢复。下午升堂时，我的头脑还算清醒，那个十分奇怪的自尽案使我暂时忘却了这场可怕的悲剧。当然，同时我也意识到自己应负的法律责任，必须秉公办案。我必须马上去见刺史，以一个谋杀妻子的罪犯到他面前自首。不过，首先我得处理我可怜的夫人的尸体，否则，无法向管家和奴仆们交代。而后，我突然想到了您。老天爷真是帮忙，在这个时候，让一个明智且富有同情心的同僚来到了这里。于是，我吩咐班头去那个客栈找您，要您速来和我见面。但他回来时，说您已不在客栈，且去向不明。我顿时感到恐慌，您也许要到明天才能来县衙，也许您遇到了什么麻烦……让我不得不独自决定一切。

很快，奴婢们就要打扫卧房，管家就要来拿钥匙。我反复思量，尸体非得藏起来不可。趁奴仆们用餐之时，我进了卧室，仓促地束起她的头发，又胡乱找了件衣服，将尸体裹了起来。然后，我扛着尸体从秘密通道到了那条小街。街上空无一人，我便悄悄地到了荒野，在沼泽地里卸下了轻得可怜的担子。

"但是，我回来之后，突然意识到自己太傻了。慌乱中，我居然忘了最起码的掩饰手段——假装丢了卧房的钥匙。其实晚饭后，管家再次来向我要钥匙时，我确实是以此为借口的。这让我想到，眼下我的思维状况已不适于处理自身事务。我再次派班头到那个客栈找您，并要他写下紧急留言，一旦您回来，即去县衙。我在这里等着，心怀一线希望，您也许会来，只是晚一些而已。谢天谢地，您来了！狄大人，请说说，我该怎么办？"

狄公没有即刻回答。他默默地坐在茶几旁，一面盯着屏风，一面捋着长须。终于，他望着滕县令，说道：

"我的看法是，以不变应万变。至少暂时得这样。"

"这怎么行？"滕县令说着，站了起来，"明天一早，我们就得去平湖。现在就给刺史写信，派专人连夜送去，这样……"

狄公挥了挥手。

"镇静！"他说道，"我察看了尸体，又勘察了现场，觉得有些事尚待进一步查清。眼下还没有证据说明，是您杀害了自己的夫人。"

"狄大人，您不是开玩笑吧？证据？您还要什么证据？突发的疯病，所做的噩梦，竖在那里的屏风……"

"但还有一些非常奇怪的现象。"狄公打断了他的话，"这些现象表明，有外在因素介入的可能。"

滕县令跺了一下脚。

"狄大人，请不要用毫无意义的话来安慰我，这样做其实很残酷。您无非是说，在我疯病突然发作时，有人进来杀死了我的妻子。这种假设根本不可能，从来没那么凑巧的事。"

狄公耸耸肩。

"滕大人，我也不相信巧合。但这是有可能的，而且绝不比您发病后在毫无知觉的情况下修改屏风图案更为蹊跷。何况您一进梳妆室，就看见自己的夫人朝里侧身躺着。也许那时，她已经死了。滕大人，您有没有仇敌？"

"可以说一个也没有！"滕县令气呼呼地回答，"这屏风的特殊含义，只有我和银莲知道。自我俩来后，这个屏风就没有搬离过屋子，不可能有别人修改图案！"随后，他控制住自己的情绪，以较为温和的嗓音问："狄大人，依您看，这事该怎么处理？"

"我提议，"狄公答道，"明天——只要一天——您让我搜集另外一些证据。要是不成，我后天陪您去平湖，把这一切向刺史说个明白。"

"狄大人，不及时申报人命案是严重渎职！"滕县令嚷道，"刚才您还说绝不做违法……"

"一切责任由我承担！"狄公打断了他的话。

滕县令一面焦急地踱步，一面思索。过了一会儿，他停住脚步，无可奈何地说道：

"好吧，狄大人，我把一切交在您手里。您需要我做些什么？"

"很简单。首先,您取一个信封,写上您夫人的姓名和地址。"

滕县令启开书桌的上层抽屉,取出一只信封。他在信封上写了几行字,交给狄公。狄公将信封放进衣袖,接着说道:

"现在您去卧室,从您夫人的衣箱里取出一套衣服,打好包袱。别忘了放一双鞋子。"

滕县令诧异地看了他一眼,然后二话不说,离开了房间。

狄公迅速站起身,从依旧敞开的抽屉里拿了些公文纸和盖着县衙大红印章的信封。他将这些都放进衣袖。

滕县令拿着一个蓝布包袱回到书房。他打量了狄公一眼,抱歉地说道:

"狄大人,请原谅我的照顾不周。我只顾忙自己的事,忘了给您换身打扮。瞧您的衣服,上下都脏了,靴子也沾满了泥。我能否借给您……"

"不必麻烦了!"狄公迅速打断了他的话,"我还要去会几个人,在那些地方,穿新衣服反而不便。不过首先我得回沼泽,给死人穿上衣服、鞋子,再将她拖到路上,好让明天一早有人发现。那个信封,我会放进她的衣袖,这样人们立刻知道她是谁。然后您下令验尸——您有一个经验丰富的仵作,对不对?"

"是的,他就是城内那家大药铺的掌柜。"

"好。您就说,夫人途经北门被害,案情正在调查之中。这样,您至少可以将尸体装入临时的棺木。"他提起蓝布包袱,将一只手搭上滕县令的肩膀,关切地笑了笑,"滕大人,设法睡一会儿。明天我会给您回音。别替我担心,我不会出事的。"

狄公循原路返回沼泽地,一见童生的模样,便觉得他实在可悲。他坐在那块大石上,整个身体蜷缩成一团,虽说天气炎热,可他一个劲儿地颤抖。他一看见狄公,脸上露出一种异样的笑容。接着,他想说些什么,可刚一张口,牙齿便打起架来。

"小伙子,你准是造多了孽!"狄公说道,"别怕,我来啦,我还要再去察看那具尸体,然后,咱俩就回去睡觉。"

童生惊魂未定,没注意狄公手里拿着一个蓝布包袱。

狄公拔出女尸身上的短剑,用油纸包好,揣到怀里。接着,他给死人穿上衣服和鞋子,完成这一切后,再把尸体拖到了路上。然后,他喊童生,两人默默地返回空荡荡的街道。

童生似乎还没从独自等候的害怕中恢复过来。狄公心想,这个小伙子流露出来的凶残,很可能是强装出来的。他才十八岁,也许再过一二年,就不会如此羡慕犯罪了。幸亏他当时加入了排军的乞丐帮,否则不知他会做出什么出格的事来。看来排军是个莽汉,但不知为何,狄公始终觉得他没真正堕落。童生经过这次教训,也许会幡然悔悟,重新做人吧。

两人行至半路,童生突然说道:

"我知道你和排军都瞧不起我。不过,我要告诉你们,过一两天,你们准会大吃一惊!我要挣很多的钱,你们一辈子也比不上!"

狄公没有吭声,他已经对这个小伙子的自夸感到厌恶了。

在凤凰客栈旁边的弄堂口,童生止住脚步,悻然说道:

"咱们在这里分手吧,我还有一些事要做。"狄公继续向客栈走去。

七

狄公和童生离开凤凰客栈去沼泽后,乔泰同排军饮了几杯酒,两人开始谈起近年朝廷起兵讨逆之事。显然,这是排军很感兴趣的一个话题。

"既然你喜欢戎马生活,"乔泰问,"当初何不留在军队里?"

"我做了件蠢事,不得不匆忙离开。"排军粗声说道。

这时,衣衫褴褛、浑身臭气的乞丐三三两两地走了进来。排军站了起来,会同秃子一道和他们算账。乔泰发现这里的空气越来越污浊。再者,他担心会和那个卖给他金银首饰的乞丐碰面,便决定干脆外出散步。

街上依旧闷热。他想,河边的闹市区也许会好些,遂漫不经心地走入一条陡斜的街道。拐了几个弯,走了几条岔路,最后终于来到那座宽阔的拱桥。他站在桥中央,胳膊肘撑着栏杆,观看桥下。河面不时冒出嶙峋的岩石,湍急的河水咆哮着冲向岩石,泛起阵阵白沫。乔泰一面注视着急流变成旋涡,一面舒适地吸着凉爽的空气。

行人稀疏,显然,这里是住宅区。在河的右岸,他看见一幢幢豪华的府邸,左岸则是绵亘的城墙和雄伟的总兵府,几面军旗在半空垂立。

两个拦路贼悄悄地朝他走来。然而,到了身边,他们泄气地相互看了一眼。看来,这个彪形大汉并非是他们拦截的对象。

乔泰茫然陷入沉思。他想猜出狄公此时正在做什么,但不久便失去了兴趣。一切是那么不可思议。而且他知道,以后狄公兴致好时,反正会说给他听的。他朝水面吐了口唾沫。到现在,他的嘴里还残存着在凤凰客栈所喝的劣质酒的辣味。他想起蓬莱,想起一同给狄公当亲随的洪亮和马荣。此时此刻,他们想必又在九华园酒馆开怀痛饮。那酒馆在县衙对角,是他们经常光顾之地。不知马荣是否正在和美貌女子调情?在这方面,他也有同样的爱好,不过他很挑剔,像妓院那种地方,他是不想光顾的。他叹了口气,决定返回客栈。现在,客栈的乞丐应该是走空了吧。

他下了桥,沿着河岸走了一会儿。倏忽间,他又产生了那种被人跟踪的奇异感觉。不过他想这不可能,因为现在孔山已成了他们的盟友。他拐进了一条朝南的僻静小街。

在那里,他的视线移向路旁竹篱笆后的一幢深宅大院,只见敞开的窗户透射出灯光。他好奇地踮起脚尖,朝篱笆内张望,心想谁这样晚还没入睡。一个装饰豪华的房间映入眼帘,梳妆台上点着两支明亮的银色蜡烛,一个女子仅穿一件薄绸白服,站在镜前梳头。

正经女子不可能穿得这样轻佻,乔泰推断,她是在自家接客的角妓。他欣赏地朝她上下打量,年约三十,细腰,瓜子脸,五官俊俏,似乎是那种很成熟的女子,知道怎样迎合男人的需要。乔泰不禁摸着髭须动了心。他再次设想,身边要是有这样一位美貌女子陪伴,该有多好。不过,她是角妓,即便赢得她的欢心,也还有钱的问题。他的袖中仅有两串铜钱,而据他估计,嫖资纵然不要一锭银子,也要五串铜钱。不过,至少可以先和她相识,也许两人可以商定明晚再来相会。总之,值得一试。

他推开竹门,穿过漂亮的花圃,在亮晃晃的黑漆大门上敲了几下。那个女人亲自开了门。她惊叫一声,接着连忙用衣袖捂住自己的嘴唇,神情非常尴尬。

乔泰鞠了个躬,很客气地说道:

"姐姐,对不起,这样晚还打扰你。我刚好路过此地,见您在窗边梳头,不由得产生了爱慕之心。我很想知道,一个孤独的游客,能否在你这里待一会儿,以解他的寂寞之心。"

这女子显得有些踌躇不定。她朝乔泰上下打量,白净的额上起了些微褶皱。突然,她绽开笑容,以柔和的嗓音客气地说道:

"我在等另外一个人……不过,离约定时间已经过去很久了。既然如此,你就进来吧。"

"我岂敢妨碍你和别人约会。我明天再来吧。"乔泰急忙说道,"你的客人会来的,他要不来,准是个傻瓜。"

乔泰看到一个美丽的女子(高罗佩 绘)

那个女子笑出声来。乔泰想，她确实非常动人。

"请进！"她道，"要知道，我很喜欢你的模样。"

她闪身让道，乔泰跟着她进了屋内。

"你坐，"她忸怩地说道，"我把头发盘起来。"

乔泰一面在彩色瓷凳坐上，一面想，可惜今夜无缘，来日一定要相会。倘若成功，这是他的福气。毫无疑问，她是非常高级的妓女，因为地上铺着厚厚的蓝地毯，墙壁遮有挺阔的织锦帷帘，木榻很宽，是用黑檀木做的，嵌有细小的珠母，而且梳妆台上的镀金香炉飘着缕缕香烟。乔泰摸着髭须，从后背欣赏她的优美身段和丰腴的臀部。他盯着她的洁白手臂，视线随着她梳理乌亮长发的手指慢慢地移动。然后，他说道：

"我相信，像你这样漂亮的女子，一定有个好听的名字。"

"你问我的名字？"她对着那面圆镜笑嘻嘻地说，"叫我秋花好了。"

"这名字很好听，"乔泰说道，"不过你的漂亮不是哪个好听的名字能代表的。"

她笑盈盈地转过身子，在木榻边沿坐了下来。接着，她从靠墙的桌上拿了把扇子，一面慢慢地给自己摇扇，一面朝乔泰上下打量。过了一会儿，她说道：

"你生得强壮，脸蛋有点粗，但不算难看。您的袍服质地很好，但太素了，而且你也不知道怎样打扮。让我猜猜你是干什么的。我看，你是告假的将官！"

"差不多！"乔泰说道，"真的，我说的是实话。我是外地人。"

她出神地盯着他,一双眼睛又大又亮。之后,她问:

"你打算在威平住多久?"

"只有几天。现在我遇见了您,真恨不得长住才好。"

她调皮地用扇子敲了一下他的膝盖,问:

"难道现在军队是这样教育将官的?"她嗔怪地看了他一眼,漫不经心地松开袍服,袒胸露乳。"啊,真热,晚上也一样。"

乔泰在瓷凳上挪了挪身子。干吗鸨母还不出来奉茶?显然,这个妓女已经暗示他被接受了。按照烟花场所的规矩,此时他可以和鸨母谈身价了。她期待地亮着两只眼睛,乔泰清了清嗓音,结结巴巴地问:

"我想见你的……你的老鸨。"

"干吗要见我的老鸨?"她扬起两道弯眉。

"我想找她谈谈。要知道……"

"找她谈谈?谈什么?你不喜欢和我说话?"

"别逗了!"乔泰笑着回答,"当然是谈……实际的事。"

"我一点也不明白你的意思。"她噘着嘴说道。

"老天爷!"乔泰着急地嚷道,"咱俩都不是小孩子了。我得问鸨母该付多少钱,可以待多久,等等。"

她突然大笑,用扇子掩住自己的嘴巴。乔泰感到莫名其妙,也跟着笑了起来。她止住笑,一本正经地说道:

"对不起,鸨母生病了,你有什么'实际的事',就跟我说吧。想不到你用了那么含蓄的词。说呀,我的身价值多少?"

"一万两黄金也不算多!"乔泰恭维地回答。

"你很讨人喜欢,"她高兴地说道,"也很风流。我敢说,你的妻妾待在家里真是苦透了。好吧,今天是个特殊的日子,你可以和我待一会儿。至于你那可恶的实际的事,就甭提了。很不凑巧的是,我马上就要外出,你再来是不方便的。所以你必须保证今晚之后不能再来这里。"

"我保证,虽说这让我感到伤心。"乔泰答道。他非常羡慕那个有钱的嫖客,能带上这样可爱的女人一道出游。他从瓷凳上起身,坐在她的身边,伸出臂膀将她搂住。长时间的温存之后,他开始解开她的袍服带子。

八

乔泰一路哼着小调回到了凤凰客栈。他发现，除了竹香，人已经走空了。此时，她正用竹扫帚扫地。只见她愠怒地问：

"童生呢？"

"在外面兜呗！"他说着，就近找了把最好的旧藤椅，小心翼翼地坐了下来，"沏壶茶，好不好？不是为我，是为我的同伴，他是个大茶桶。孔山来过吗？"

竹香扮了个鬼脸。

"那个坏家伙呀，来过啦！我说，你俩出去了。他说待会儿再来。告诉你，我伺候过各种各样的男人，但孔山那种人，给我十两黄金也不干。"

"你反正是闭着眼睛的，对不对？"乔泰问。

"我不是嫌他难看。他心地歹毒，喜欢伤人，说不定哪天我的命会断送在他的手里，你说，要他十两黄金干啥？"

"向阎王行贿！咱们还是甭谈孔山吧。你看我怎么样，宝贝儿，呃？"

竹香走到他面前，仔细地打量他的脸盘，然后轻蔑地哼了一声。

"你？等下星期恢复了元气，还差不多！瞧你得意的样子，分明是刚刚在哪里快活过了。而且从身上的香味来看，还花了不少钱呢！我敢说，你现在连脱我裤子的力气都没有。"她转身进了厨房。

乔泰哈哈大笑。他往后一仰，将一双脚搁到桌上，不久便鼾声大作。竹香回来了，她在桌上放了一大壶茶，然后打了个哈欠，走到柜台后，开始剔牙。狄公回来，是她开的门。她着急地问："童生怎么没和你一块儿回来？"

他机灵地瞥了她一眼，答道：

"我派他干另外的事去了。"

"他不会闯祸吧？"

"我不会好端端地害他。你好像很累，姑娘。去睡觉吧，我们还要在这里待一会儿。"

她上了狭窄的楼梯，狄公唤醒了乔泰。

乔泰看见狄公一副憔悴的样子，心里猛地一沉。他连忙给狄公倒了一杯热茶，着急地问："出事啦？"

狄公述说了察看那具女尸的经过以及他和滕县令的谈话。他还没说完，响起轻轻的敲门声。乔泰上前开门，不期和孔山打了个照面。"老天爷!"他嘟哝道,"又是这个丑八怪。"

"你至少应该说谢谢我才对。"孔山不客气地说道,"沈相公,你好啊,想必你觉得这个新窝很舒适吧!"

"坐吧。"狄公说道,"我承认你给我们提供了一个好地方。不过我不明白你为什么要这么做?"

"实话告诉你,"孔山答道,"我并没有这份闲心,生怕你俩被官府逮住,被绑往刑场杀头。我是碰巧需要你们,非常需要你们。听着!我是山东最有本领的盗贼,干这行已有三十年了,从未失过手。不过,我不会武功,而且也不想学,因为我觉得这玩意儿很低级。眼下我正思量做一笔大买卖,但这笔买卖要成功,可能得施加一些威吓。我仔细观察了你俩,觉得是合适的人选。我很不情愿的是,必须让你们分成,因为前面所有的难活儿都是我干的,你们只需最后出出面,而且几乎没什么风险,所以你们能分一点点利,该是知足的。"

"你还是赶紧走吧。"乔泰抢白道,"我们抛头露面,你坐享其成,还说什么分一点点利,我们应该得大头呢,你这卑鄙的胆小鬼!"

孔山听到最后一句话,脸霎时变白了。显然,这句话触到了他的痛处。他恶狠狠地说道:

"你只会在我面前逞强。在女人面前,你的威风到哪里去了?今天晚上,我还以为你的骚劲会把那张结实的木榻给压垮了呢。有道是:疾风骤雨打秋花。"

乔泰跳了起来,一把抓住孔山的衣领,将他推倒在地。接着他用膝盖压上去,双手卡着他的脖子,怒声骂道:

"你这个卑鄙小人，竟敢对我叮梢！看我卡断你的脖子！"狄公迅速上前，抓住乔泰的臂膀。"放了他！"狄公厉声说道，"我想知道他要我们干什么！"

乔泰站了起来，孔山的脑袋砰的一声着地。他依旧躺着未动，喉咙里呼哧呼哧地吐气。

乔泰气得脸色发紫。他重重地坐下来，简短地说道：

"今晚我和一个角妓玩了一会儿。这小子还在对我叮梢。"

"你呀，"狄公责备地说道，"本应知道如何处理自己的风流事。总之，绝不要让它妨碍办案。你去端盆水，浇在这家伙的头上。"

乔泰向柜台后面走去。他端了一大盆洗碗水，朝孔山头上一倾。"这孬种还得过些时候才能醒过来。"他咕哝道。

"坐吧，我把滕县令的话给你说完。"狄公着急地说道。

乔泰听完了漆画屏风的故事，怒气已经烟消云散了。他急切地说道：

"大人，这太离奇了！"

狄公点了点头。

"我怀疑外面的人杀死了他的夫人是有充分根据的，那就是她被强奸了。不过我不忍心把这事告诉我的同僚，他已经够受刺激的了。"

"但您不是说，她的脸色很安详吗？"乔泰问，"虽然我不知道女人睡着时被强奸会有什么感觉，但她要是醒着，肯定会有痛苦的表情，对不对？"

"这是我唯一感到迷惑不解之处。"狄公说道，"当心！孔山要醒了。"

乔泰拉起孔山，让他坐在藤椅上。他大口大口地吸气，过了一会儿，便伸手到桌上拿茶杯，慢慢地喝了几口茶。然后，他嘶哑着嗓音对乔泰说道："狗杂种，我会找你算账的！"

"行，随时恭候。"乔泰答道。

孔山瞪起那只独眼，恶狠狠地望着乔泰，随后嗤笑道：

"你知道吗，那个漂亮的寡妇在愚弄你，蠢家伙！"

"寡妇？"乔泰嚷道。

"当然是寡妇，而且是刚刚当的寡妇。告诉你，蠢家伙，你摸到死鬼葛齐元家的边门去了。葛齐元是本地的绸布商，昨天刚刚投河自尽，为了给他戴孝，他的寡妇从正房搬到了左边的厢房。可是你，所谓的风流男子，居然傻乎乎地认为她是角妓。"

乔泰十分羞愧，脸涨得通红。他想辩解，可嘴里只有支支吾吾的声音。狄公可怜他，马上说道：

"说不定葛掌柜的自尽和他老婆的不忠有关。"

孔山轻轻地摸着自己的喉咙。他吞了一口茶，恶狠狠地说道：

"女人都是没心肝的，葛夫人也不例外。说也奇怪，我要你们办的事恰好和葛掌柜有关。我这就简单地给你们说说吧，仔细听着。我手头有本账簿，是本县有名的钱庄掌柜冷青的。他是葛齐元的合伙人和账房先生。我对账目很内行，很快就发现账簿披露了冷青这两年来通过做假账的办法骗取葛掌柜的钱财。这些钱财加起来数目并不小，我敢说，大约有一千两黄金。"

"你是怎么弄到这本账簿的？"狄公问，"这不是一个钱庄掌柜能随意乱放的东西。"

"这不关你的事!"孔山厉声说道,"下面,我……"

"等一等!"狄公打断了他的话,"我刚好对账目也感兴趣。可以说,我匆忙扔掉衙门的饭碗就是为了这事。要从那些烦琐的数字和附注里面找出你所说的消息,非得神仙才行。你得自圆其说,老弟!"

孔山狐疑地瞪了他一眼。

"你真是个狡猾的家伙。好吧,既然你一定要打破砂锅问到底,我就说给你听。我曾经去过葛家几次,当然,是悄悄地去的。我翻看了他的秘密钱柜,发现有二百两备用黄金,现在它们成了我的备用黄金,还有他的契约。我颇感兴趣地看了这些契约。正是从这些契约中,我获知了那本账簿的线索。就这样。"

"我明白了。"狄公说道,"你继续说吧。"

孔山从衣袖掏出一小页纸,放在桌上仔细地抚平。然后,他伸出皮包骨似的食指敲了敲那页纸,继续说道:

"这页纸是从那本账簿上撕下来的。明天上午,你俩去冷青家,把这页纸拿给他看,说已经知道他的一切秘密,然后要他写两张金票,一张六百五十两,另一张五十两,收金人的名字不具。这次放血不过要了他七百两,他还剩三百两。我想,他不至于会拒绝。本来我也想把那一千两全部要来,但这次要想敲诈成功,就必须放他一条生路,不能做得太绝。那张六百五十两的金票交给我,另一张五十两的,你们两人留下。怎么样?同不同意?"

狄公一面以犀利的目光盯着这个丑八怪,一面慢慢地捋着长须。而后，他慢吞吞地说道：

"孔山，虽说我这位同伴说话直了些，但他切中了你的要害。我相信你的偷盗本领十分高强，不过，你缺乏面对面争斗的勇气。你很清楚，你根本没有胆量到那位钱庄掌柜家去敲诈。我说得对不对？"

孔山不安地在椅子上挪动身子。"你们究竟同不同意？"他恼怒地问。狄公从桌上拿起那页纸，放进衣袖。

"我同意。"他说道，"不过钱必须均分。别忘了，有你好心送来的这页纸，我就能敲诈冷青，用不着你和你那本账簿。我还巴不得将所有的钱独吞呢！"

"就是嘛！"乔泰咧嘴笑道。

"我可以向官府告密，说这里有两个强盗。"孔山威胁道。

"但你不敢，因为没有这个胆量。"狄公镇静地答道，"你思量思量吧。"

孔山狠毒地瞪了狄公一眼。他把手伸向脸颊，想制止面部的肌肉抽搐。终于，他开口道：

"好吧，钱均分。"

"一言为定！"狄公露出满意的样子，"明天上午，我干的第一件事就是找冷青。我能在哪儿找到他？"

孔山说了冷青的银铺位置，通常他就在那里办理钱庄的事务。随后，他想起身离去，然而狄公用手按住了他的肩膀，亲热地说道：

"夜长着呢！咱俩一块儿喝杯酒，为咱们的合作干一杯！"然后，他对乔泰说道："你到柜台后，把排军的专用酒坛搬来。"

乔泰一边离开餐桌，一边寻思：今晚大人怎么啦？他明明已经疲惫不堪了，却拖延时间不休息。对孔山这样的无赖，有什么好谈的？他发现酒保已经躺在柜台的第二层搁板睡熟。在第三层搁板，放着排军的专用酒坛。他把那个酒坛搬到了他们的餐桌旁边。

他们各自喝完了一杯酒后，狄公摸了摸胡须，说道：

"孔山，盗窃方面，你也许是一把高手，不过，比起我们拦路打劫，你那些招数还算不了什么。下面我说几件这方面的事，让你长长见识。要知道，朋友，当年我们在……"

"我不喜欢听你自吹。"孔山不悦地打断了狄公的话，"你是凭蛮干，我是凭智取。要想真正成为偷盗方面的行家，非一朝一夕之功。"

"胡说！"狄公嚷道，"你能从外面开锁进屋吗？进屋后，你能制伏屋主，客气地问他有什么值钱的东西，然后拿着这些东西扬长而去吗？这才是硬功夫！"

"你才是胡说！"孔山恼怒地说道，"你所谓的硬功夫其实是傻乎乎地硬抢，一两次得手后，就在人们的捉拿声中被逮住了。我有自己的方法，三十多年来，我用这方法行窃，还从未被逮住过，虽说我只在同一个城镇干几年。"

狄公朝乔泰用力地使了个眼色。

"他说得挺玄的，呃？"狄公道，"好像暗中有神仙相助，面授什么机宜似的！"

"既然你们两人只知道蛮干，"孔山蔑视地说道，"我不妨把这个方法说给你们听，谅你们一辈子也学不会。我是这样干的。开始,接连几个星期,我对屋子、屋子里的人以及他们的生活习惯进行观察。接着,我施点小恩小惠,向屋子里的奴仆和街坊邻居打听情况。再接着,我进了屋,但什么也不拿。要知道,我有的是时间。我只是到处看看,而且在橱柜里,在帷帘中,在衣箱内,在床头角,我可以连续躲藏几个时辰。我了解屋里人的起居规律,听取他们的亲昵交谈,盯着他们的一举一动。然后,我要下手了,不用撬锁,不用翻箱倒柜,谁也不惊扰,什么也不挪动。如果有藏钱的秘密地方,我比屋里的人更清楚。如果有钱柜,我能准确地知道钥匙存放在哪里。一切神不知、鬼不觉,通常他们要过好几天才知道钱不见了,而且从没想到是盗贼干的。结果丈夫开始怀疑妻子,妻子也怀疑丈夫……我不知制造了多少夫妻之间的误解,也不知给多少美满的家庭带来了不和。"他掩口而笑。而后,他以刺耳的声音结束了介绍:"朋友,现在你知道我是用了什么方法了吧!"

"了不起!"狄公大声说道,"虽然我很不情愿,但还是不得不承认。想必暗中观察的同时你也学会了一些男女苟且之事。不知在床上有什么新花招,呢?"

孔山做了一个怪相,这使他的面容显得更加丑陋。他嘘声说道:

"别和我开这种下流的玩笑!我憎恨女人,鄙视女人,厌恶她们和那些可恶的男人所干的肮脏勾当。我最难受的就是躲藏在卧室的时候,听着她们一面向愚蠢的丈夫献出肉体,一面娇滴滴地说话。有时她们还忸怩地假装不从,直至丈夫百般迎合,用花言巧语骗取她们使出浑身解数。通常这些招数是免费赠给自己情人的。那些举动太恶心,太卑鄙……"他突然停住了,额头沁出了大颗的汗珠。只见他用那只独眼盯着狄公,站了起来,以嘶哑的声音说道:"明天中午我在这里和你们见面。"

门刚一关上,乔泰便不满地说道:

"这家伙太可恶了!我不明白您为什么要听他夸夸其谈?"

"因为我希望他说出入室行窃的方法。"狄公平静地回答,"这样,我也许能知道那个作案者是如何进入滕夫人的卧室的。另外,我还想多了解一些孔山的性格。现在我已经懂得,过分受挫能扭曲一个人的灵魂。"

"他为何突然对我们感兴趣?"乔泰不悦地问。

"大概因为我们两个是他实施敲诈计划的最佳人选。他知道,我看上去挺体面,去钱庄掌柜的专用办公房一定不会遭到拒绝,而且有谈判的能力。你呢,体格健壮,必要的话可以形成一种威慑。况且这里谁也不认识我们。舍此,他再也找不到如此中意的两个歹徒。他之所以贸然和我们接触,大概原因就在这里。但是,这不等于说他不会加害于我们。他很快地就接受我提出的均分赃款的条件,就不是一件好事。本来我还以为他要不断地讨价还价。总之,孔山是个十分凶狠的恶棍,我们务必要将他关起来,让他在牢里度过余生。"狄公揉了揉两个眼圈,继续说道,"现在我给件作写张便笺,你去找笔砚。我想,排军要画圈、写十字,非得要有笔砚。"

乔泰再次到了柜台后面。他拿来了一个又脏又破的墨水盘和一支很旧的毛笔。狄公将毛笔拿到蜡烛的火心上烧掉冗余的毛,用舌头舔出了尖尖的笔形。然后,他从衣袖里取出原先在滕县令的抽屉里拿到的公文信纸和信封,以庄重的公文字体写道:

仵作：

　　令尔速去四羊村验尸，不得有误。

　　　　　　　　　　　　　　威平县令　滕侃

他把这封信交给乔泰，道：

"我不想让仵作查验滕夫人的尸体，以免滕县令知道自己的夫人曾经被奸淫，所遭受的打击更大。明天一早，你就带着信去集市，找当地最大的药店掌柜，很好找的，再把信交给他。因为我们从平湖来的时候经过四羊村，所以我知道到那里需两个半时辰。这样一来，仵作明天就回不来了。"他用毛笔的另一端搔了搔头皮，继续说道："既然滕县令全权委托我以他的名义办事，干脆再写一封信。"他重新取了信纸、信封，写道：

折冲府募兵府：

　　本县丞须了解逃兵刘某的经历。此人近年曾在西军丙营区任排军。盼将有关文案交来人带回。

　　　　　　　　　　　　　　威平县令　滕侃

狄公一面把这信递给乔泰，一面说道：

"明天你抽个时间把信送到总兵府。我估计，咱俩还得好好利用排军的好客，在这里住上几天。常言道：'熟人家里好过夜。'走吧，咱们上楼，到客房里去歇息。"

九

狄公度过了一个很不舒适的夜晚。他和乔泰住的客房只有一丁点大，刚好容纳两张很窄的床。睡下不久，成群结队贪吃的臭虫就来进攻了，穿上袍服也无济于事。狄公几乎没睡。而乔泰想了一个好主意，他干脆睡在床铺之间的地板上，头靠近门。不久，他就睡着了，加入了其他简陋客房传出的鼾声大合唱。

天刚放亮，两人便起床，下楼。楼下空无一人。看来，凤凰客栈的住客不习惯早起。乔泰进厨房生炉，两人简单地梳洗。接着，乔泰给狄公沏了一壶茶，之后便给件作送信去了。狄公坐在靠角落的餐桌旁边，慢慢地喝茶。

竹香下了楼。她用力捶打柜台，唤醒了酒保，遂转身进厨房烧粥。不久，排军和四个帮手也露了面。排军把一张椅子拉到狄公的餐桌旁边，坐了下来。不过，他坚决不肯饮茶，而是大声吩咐竹香给他温酒。他咕咚咕咚喝了几口酒，问：

"老弟，昨晚的事办得怎样？"

"那个被害的女人很可能是有钱人家的夫人。"狄公答道，"而且杀害她的人也是有钱人，因为他没有把这些玩意儿从她身上拿走。"他从衣袖里取出耳环、手镯，放到桌上。"等我变卖之后，收入一半归你。"

"天哪！"排军赞叹道，"你去了一趟沼泽，还是很值得的，呃？她肯定是被自己认识的男人杀害的。这些好东西准能卖很多钱！你要想办法找到那个家伙，说不定可以敲他一笔。同时告诉他，下次千万不要在我的地盘里干这种事。"

一个衣衫褴褛的乞丐进门来讨粥。他站在柜台旁边狼吞虎咽地喝完粥后，对排军嚷道：

"掌柜，听见没有？他们刚刚把县太爷夫人的尸体搬进县衙。她被杀死在沼泽地里。"

排军挥拳敲了一下桌子，大声骂了起来。

"他妈的，让你说中了，她真是个夫人！"他对狄公嚷道，"老弟，最好赶快把凶手找到。先放他一些血，然后拖他去县衙。天哪，世上的人这么多，干吗偏偏把县太爷夫人给杀了呢？"

"为何如此惊慌？"狄公诧异地问。

"你是熟悉朝廷命官的，对吗？要是你我两人的老婆被杀了，我们去报案，衙役就会把我们揍一顿，说为何不好好照看家里。可县太爷夫人被杀，老弟，那就完全不同了。假如凶手没有很快被找到,城内就会布满县衙的兵丁、探子和州府来的眼线、细作,以及其他所有的蛮横之徒。他们会将整个县城搜遍,动不动就抓人。这样一来,老弟,你我都得打起包袱走路!我怎能不惊慌?所以我对你说,立即动手,逮住那家伙!"

他忧心忡忡地望着自己的酒碗。狄公说道:

"不过,这恐怕并不容易,因为凶手是她自己圈内的人。"

"肯定是她的相好!"排军吼道,"那些贵妇人,表面装得很正经,可裤带系得比普通女人还要松。想必那家伙对她已经玩腻了,见她大吵大闹,就杀了她。不可能有别的原因!我要召集我的人,让他们看看这些玩意儿,想想在什么地方看见过那个荡妇同县太爷的富贵亲戚干那勾当。这样你就能查出那个狗杂种。"

"这主意不错。"狄公安抚地说道。突然,他从粥碗上抬起头,好奇地问:

"你手下的人如何知道那对男女的行踪?他们根本不认识县太爷夫人!"

"但他们认识她佩带的玩意儿,对不对?"排军不耐烦地回答,"他们就干这个!若是一个贵妇人从你我两人身边经过,无论她是步行还是坐着轿子,我们都想看看她的容貌。但乞丐就不同了,他注意的只是她佩戴的首饰。他已经养成了这个习惯,这是他的吃饭本领。要是他从头巾底下看见她的耳垂上有一对精美的耳环,或者在她掀开轿帘时看见她的手上有一只漂亮的手镯,并且经过估价认定是值钱的东西,就会知道这个妇人值得跟踪一些时候。届时她也许会扔下一条昂贵的手帕,甚至扔下几个铜板。而桌上这些玩意儿是特制的高档饰件，所以极有可能哪个乞丐曾经留意过。现在你明白其中缘故了吧？"

狄公点了点头。他把桌上的金银首饰移向排军，心想这些见闻都是以后用得着的东西。这时，乔泰进来，狄公对排军说道：

"现在我出去干点私事，一会儿就回来。"

随后，两人向集市走去时，乔泰问道：

"我想，咱俩是不是现在就去县衙，把钱庄掌柜骗取钱财的事告诉滕县令？"

"现在还不行。"狄公答道，"我们得先去见冷青，敲诈他一下，看看孔山说的是不是事实。"

乔泰没有吭声，现出迷惑的样子。狄公继续说道：

"要是冷青接受敲诈，这就说明他心里有鬼，确实骗取了钱财。不过，我们也要估计这种可能性，即孔山耍弄我们。我会观察钱庄掌柜的反应，假如我认为可以继续进行下去，我会给你暗示的。"

乔泰点点头。他希望会有好的结果。

冷青的钱庄看上去很气派，是一幢很大的两层楼房，位于集市中心街角。钱庄门面敞开，现出二十多尺长的柜台。十几个伙计正在柜台后面忙碌地接待顾客，有的称银两，有的给珠宝估价，有的把铜板换成银子，有的把银子换成铜板。嘈杂的说话声中不时传来几句账房先生报账的单调话语。

柜台账房正坐在柜台尽头一张很高的桌子后面，忙碌地拨着算盘珠子。狄公向他走过去，将自己的名刺往格栅底下一塞，客气地说道：

"您能否安排我面见冷掌柜？我想转一笔账，数目很大。"

柜台主管疑惑地看了看这两个身材魁梧的男人。他问两人做什么生意，狄公编造了一段谎言，说两人是做粮食生意的，获利颇丰。柜台账房见他说话斯文，便放心地在名刺上写了几个字。接着，他吩咐一个当差的送名刺上楼。过了一会儿，那个当差的回来传话，说冷掌柜愿意会见沈相公和他的同伴。

身穿洁白孝服的钱庄掌柜冷青正坐在一张很大的红漆桌子后面，忙着和两个伙计说话。他见两个客人来了，便指了指窗前茶几旁的两张高背椅，其中一个伙计连忙给客人倒茶。狄公等候钱庄掌柜给两个伙计把话说完。他想，冷青脸色苍白，看上去有心事。接着他环顾整个房间，视线移向冷青身后墙上的一卷画，画面是浓墨重彩的莲花，配有一首用娟秀字体写的长诗。他坐的位子刚好让他可以辨认出署名："愚弟，德。"显然，这卷画的作者就是冷青的弟弟冷德。两星期前，他已经病死了，公堂上那个百姓是这样告诉他的。

冷青把两个伙计打发走后，转身对客人生硬地问有什么事。

"冷掌柜，我想谈谈大约一千两黄金被私自转移之事。"狄公平静地说道，"这页账目就是最重要的证据。"

他从衣袖取出那页纸，放在桌上。

冷青的脸色变得灰白，吃惊地望着那页纸，半天说不出话来。狄公松了口气，朝乔泰点点头。这位彪形大汉站起身，重重地走到门边，插上门闩。接着，他又走到窗边，把窗帘拉了下来。冷青的两个眼珠惶恐地随着乔泰的动作而移动。当乔泰重新站立在冷青的椅后时，狄公说道：

"当然,我还有其他的账页。很厚的一本。"

"你是怎样拿到手的?"冷青不安地问。

"冷掌柜,放明白些。"狄公指责道,"别把话题岔开,好不好?要知道,我并不是不通情理的人。不过,你刚才从我的名刺上看到,我是个牙人,当然希望能从你的收入中提成。据我推算,你大概骗取了一千两黄金。"

"你要多少?"冷青以战栗的嗓音问。

"不多,七百两。"狄公镇静地回答,"这样,你还剩下足够多的钱可以再度行骗。"

"我可以上公堂告你!"冷青喃喃地说道。

"我也可以上公堂告你!"狄公和蔼地回答,"所以咱俩都别去了。"

突然,冷青双手捂着脸,哭了起来。他号啕道:

"这是报应哪!葛员外的鬼魂缠住了我!"

有人敲门。冷青正要起身,却被乔泰那双有力的手按住了双肩,他重又坐下。乔泰用嘶哑的嗓音对他轻声说道:

"请别激动,这样对你的身体没有好处。叫他们走开!"

"待会儿再来!现在别打扰我!"冷青顺从地嚷道。

狄公在旁边一直捋着胡须,冷目注视。这时,他问道:

"你骗钱的事葛员外并不知情,为何你害怕他的鬼魂?"

这位钱庄掌柜吃惊地看了他一眼。

"你说什么?"他喘着气问,"告诉我,那个信封有没有撕开?"

狄公完全不明白这位神情不安的钱庄掌柜问话的意思。原先他多少以为，那本账簿是孔山在冷青家行窃时盗来的。现在看来，情况要比这复杂得多。他思索着回答：

"让我想想，当时我没特别留意……"他推断，那本账簿肯定放在信封里，而且很有可能，信封是封着的。于是，他接着说道："哦，想起来了！信封是封着的。"

"谢天谢地！"冷青道，"那么他的死不是我造成的。"

"既然你开了头，不如把整个经过说出来。"狄公冷冷地说道，"刚才我说过，我是通情达理的人，我很愿意了解这件事。"

冷青伸手到额上抹了一把汗。显然，对他来说，向别人吐露内心秘密是一种安慰。他说道：

"我做了件傻事。葛员外请我吃饭时，要我顺便把一沓契据带来，让他过过目。我把这沓契据装入一个信封，封了口，揣在胸前。可我到了葛员外家后，忘了把那个信封交给他。吃饭途中，也就是葛员外患病前，他问起此事。于是，我伸手到胸前，不料把另外一个信封掏了出来。这个信封装着我的账簿，也封了口。一直到葛员外回屋服药后我才意识到自己拿错了。当他纵身跳入河中时，我当然以为他在卧室里撕开了那个信封，并且发现他的合伙人骗了他，一气之下才投河自尽。这两天，我一直为此惴惴不安，晚上也无法安睡。我……"

他愁闷地摇摇头。

"这么说，你拿些钱给我们还是值得的。"狄公说道，"我想，你打算近日悄悄地离开这个地方，是吗？"

"是的。"冷青答道，"若是葛员外没死，我过几天就逃走了。我打算给他留一封信，说明一切，请求宽恕。我需要九百两黄金还债，剩下的一百两，我想当作本钱，到很远的地方做生意。葛员外死后，我想催促县衙尽快地将他的死亡登记，这样，我才能打开他的钱柜。我知道他的钱柜里放有二百两黄金。但现在，我得赶快逃走，那些债主没拿到钱，是不会放过我的。"

"我不想再和你纠缠了。"狄公说道，"我们此行没别的目的。那些黄金你存放在哪里？"

"在天余金铺。"

"好！"狄公说道，"你写两张金票，各三百五十两。签好名，盖好章，但收款人的名字空着。"

冷青拉开书桌的抽屉，取出两张盖有他的钱庄印鉴的信纸。接着，他伸手去拿毛笔，填好了金票。狄公拿起两张金票，核对了上面的数字，然后放进衣袖，说道："我想借你的毛笔用一下，再给我一张纸。"

他转过身，不想让这位钱庄掌柜看见他写什么。乔泰依旧站在冷青的椅后。

狄公把那张纸铺在茶几上，写了几行苍劲有力的字：

侃兄：
　　望即刻遣差人来冷青钱庄，此人欺诈枉法，宜拘捕。该案关涉葛齐元之遗产。

　　　　　　　　　　　　弟仁杰　上

他把信纸装入信封，封了口，又取出随身携带的个人印鉴，盖了章。然后，他站起身，说道：

"冷掌柜，告辞了！半个时辰内，你不能离开钱庄。我这位同伴会站在街道对面监视。你要是敢早离开，当心你的身体。咱们后会有期！"

乔泰打开门，两人下楼去了。

他们到了街上，狄公把写给滕县令的信交给乔泰，还添上一张"沈默"的名刺。他说道：

"马上跑步去县衙，把这封信交到滕县令手里。我回凤凰客栈。"

十

狄公进门后,发觉排军正在柜台旁边和一个衣衫褴褛的老头说话。酒保正给他们两人倒酒,竹香在附近的小凳上盘腿而坐,修剪自己的脚趾甲。

"老弟,快来!"排军嚷道,"我给你带来了好消息。你听听这个人说的就知道了。"

那个老头用湿乎乎的红眼睛瞟了狄公一眼。他的脸显得干瘦,而且布满皱纹,活像被风吹皱了皮的干橘子。他拉了拉脏兮兮的蓬乱胡子,哼哼唧唧地说道:

"我一般在西门左边第二街的街口乞讨。那里的第四幢房子是秘密的风流场所,不过是高档次的。您瞧,我在那里的收入很不错。"

"那的确是高档次的风流场所。"竹香说道,"我运气好的时候,也偶尔被客人领到那里。"

老乞丐转过身,用湿乎乎的红眼睛瞟了她一下。

"我见过你!"他不高兴地说道,"下一次,你可要叫客人多给我两个铜板。你告诉他,至少要给我四个。有时客人玩得高兴,给的还要多。"

"说话别离题!"排军厉声喝道。

"唔,那个女人到那个地方去过两次,她就戴着你刚才给我看的这对耳环。因为她遮着头巾,我看不见她的脸。但我能从下方看见她的耳垂吊着这对耳环。她同那个年轻相公一道出来时,见我站在门边,便对那个相公说:'这人怪可怜的,给他十个铜板吧。'那个相公就把十个铜板给了我。"

"你犯不着那样吃惊。"排军对狄公说道,"要知道,这些乞丐的收入挺不错的,哪天你也该去试试。"

狄公好不容易才发出声来。他万万没想到会有这种情况,因为这说明滕夫人暗地里有一个情人。这不仅不太可能,而且完全不可思议,除非威平县还有同样的一对耳环,但这也是不太可能的事。他厉声问老乞丐:"你真的看见那个女人戴着这对耳环?"

"难道我会看错?"老乞丐愤愤地回答,"我的眼睛是有点湿乎乎,但只有刮风的日子才这样。平时我敢说,比您的还好使。"

"红眼知道这事的分量。"排军不耐烦地说道,"老弟,你现在就去查那个年轻相公,他就是杀人犯。红眼,他长得啥样?"

"他嘛，穿戴很不错，但也许是个好酒之徒，因为脸上有红晕。别的地方没见过他。"

狄公慢慢地捋着胡须，然后对排军说道："我最好问问那个地方的人。"

排军不觉大笑。他用指头戳了戳狄公的胸部，说道：

"你还当自己是班头，呃？把他们抓来，用刑，一切都会招供的？试想，你要是到那里去打听情况，鸨母会是怎样的态度？她会给你这种机会吗？"

狄公咬紧了下唇。事情来得太快了，简直让他措手不及。排军一本正经地继续说道："要打听情况，唯一的办法是带竹香一道去，认认真真地租个房间。那些人认识她，所以不会有人怀疑。即便你无法当面询问，也可以通过竹香去打听，她知道怎么做。竹香，对不对？而且是免费服务。"

"你得准备花掉几串铜钱。"竹香没精打采地说道，"那地方收费不便宜。至于免费，我会考虑的。在这里，我既出人又出房间，在外面就不同了。"

"钱的事情，你不用担心。"狄公说道，"我们什么时候动身？"

"午饭过后，"竹香回答，"那地方要到午饭以后才开门。"

狄公给排军和老乞丐分别买了一杯酒，老乞丐开始滔滔不绝地讲起他这辈子见到的奇闻。不多时，乔泰回来了，也加入了听众的行列。他们一块儿喝了几轮酒，之后，竹香便去厨房烧午饭。狄公对乔泰说道：

"下午，我要带她去西门附近的一家风流场所。"

"好啊，放着重要的事不做，却去嫖妓！"他们身后响起一个不悦的声音。不知何时，孔山已经悄无声息地进了门。

"你和我说的那件事，我已经办好了。"狄公对他说道，"走！跟我们去餐馆，我们应该请你吃顿饭。"

孔山点点头，三个人一块儿离开了客栈。

他们在邻街找到了一家小餐馆，狄公选了张比较安静的餐桌，要了一大盘猪肉、腌菜炒饭和三壶酒。店小二刚一离开，孔山便急迫地问：

"冷青给钱了吗？我们得赶快！刚才我得到消息，他们已经将他抓进了县衙。"

狄公默默地从衣袖拿出两张金票，晃了几下。孔山强压住内心的喜悦，伸手去拿。但狄公迅即放回了衣袖，冷冷地说道：

"朋友，别这样着急！"

"莫非你还想同我讨价还价？"孔山恶狠狠地问。

"孔山，你骗了我们！"狄公厉声说道，"你口口声声说，这只是给那个奸诈的钱庄掌柜放点血。可其实他和谋杀案有关。"

"胡说！"孔山尖声说道，"什么谋杀？"

"葛齐元的所谓自尽。"

"我对这事一无所知。"孔山气呼呼地回话。

"狗杂种，你要说实话。"乔泰嚷道，"我们不想做替罪羔羊。"

孔山刚要申辩，见店小二端着酒和炒饭走过来，连忙止住。

孔山生气地离开了酒馆（高罗佩 绘）

一俟店小二离去，他吼道：

"你别挖空心思找借口！快把那张金票给我！"

狄公已经拿起筷子，此时他把炒饭扒拉到碗里，吃了几口，这才平静地说道：

"你把那本账簿给我，说清楚来历，我就把那张金票给你。否则，甭想。"

孔山把椅子一掀，站了起来，气急败坏地嚷道：

"该死的骗子，咱们走着瞧！"

乔泰抓住孔山的手臂，将他拉了回来。

"我们带他去客栈，"乔泰对狄公说道，"在楼上好好谈谈。"

孔山挣脱后，破口大骂。他凑近狄公，尖声说道："你要后悔的！"

乔泰正要起身，狄公迅速说道：

"让他走！我们不在这里和他吵！"然后，他面对孔山："你要是想拿钱，就按我说的条件来找我。"

"我当然会找你！"孔山厉声说道，遂转身离去。

"您就这样让他跑了？"乔泰疑惑地问。

"等他冷静下来，"狄公答道，"想起自己的钱，又会露面的。"他望着桌上满满一盘炒饭和三壶酒，继续说道："这一大堆东西，该怎的处理？"

"大人，您一点也不用发愁。"乔泰咧嘴而笑。他拿起筷子，津津有味地吃了起来，不一会儿，炒饭便吃完了。

狄公并不觉得饿。他一面漫不经心地摆弄手里的酒杯，一面想，他已经被滕夫人私通的消息弄得乱了方寸，故一不小心，就会莽撞行事。在客栈，他就犯了一个错误，现在对孔山的做法也未必正确。这个人很危险，而自己对他的情况却一无所知，甚至连他的寻常住处都不清楚。他开始不安地怀疑自己是否操之过急。

狄公只喝了一杯酒，剩下的全被乔泰一扫而光。乔泰抹了抹嘴唇，说道：

"好酒！下午有何事？"

狄公一面用热毛巾擦拭胡须，一面回答：

"你去折冲府打听排军的消息。我总觉得，他没什么问题，但一切还得以事实为凭据。然后你去找算命先生卞福龙。那家伙曾告诫葛齐元本月十五日命里有灾。你设法弄清楚他究竟是算命还是行骗，还要弄清楚他和孔山有没有关系。同时你要让他多说些葛齐元的情况，那个绸布商的自尽是个很大的谜。"

他付了账，两人慢慢地走回凤凰客栈。

十一

竹香正在等候狄公。她换上了深蓝色的长裙和黑绸上衣,并在脑后盘了个简单的发髻,这让她看上去比以前更秀丽,虽说脸上的化妆显得很粗俗。

楼下没有别人。竹香说,他们都上楼午休去了。

"我也要歇息一会儿。"乔泰说道,"那酒后劲很足,不过我更喜欢在这里歇息。"

他重重地倒在那张旧藤椅上。狄公和竹香出了门,到了炙热的街道。

竹香稍稍走在狄公前面。这是当地妓女与客人同行的习俗,倘若妻子与丈夫同行,她就稍稍走在后面。

竹香认识许多小路。不多时,两人进了一条僻静的街道,两边的房屋很气派，看来这是殷实人家——，住户均为以前的店主。在一家很高的黑漆门前，竹香停了下来。从外表上，根本看不出这是风流场所。

狄公上前敲门。门开了，迎面出现一个身穿黑绸衣服的胖妇。竹香首先发话，说要一个房间。这表明，是她建议客人来这个地方的，她有资格分成。

胖妇笑眯眯地把两人迎进了一个小客厅。她说，下午正好有个最好的房间，价格是三吊铜钱。狄公说太贵了，在一番讨价还价之后，双方同意减为两吊。狄公付了钱，胖妇领着两人进了一个装饰华丽的大卧室。她离去后，竹香说道：

"这确实是这里最好的房间。那个夫人肯定是用这个房间来会她的相好。"

"我们四处看看！"狄公说道。

"你得等一会儿。鸨母很快就要来送茶，到时别忘了赏她铜板，这是规矩。"她见狄公准备坐在茶几旁边，又随口说道，"我不知道你是怎么想的。反正，我们得更衣，这里的人眼睛很尖，他们要是发现我们不像一对相好，会起疑心的。"

她走向梳妆台，脱去外衣和裤子。狄公也脱去身上的衣服，换上干净的白色薄纱睡袍。这些睡袍通常挂在床头的红漆衣架上。竹香赤身裸体地站在梳妆台前擦洗身子。长期的卖笑生涯已经使她丧失了羞耻感。狄公发现，她的体形很美，但当她弯下腰时，狄公的视线落在她的背部和臀部的累累鞭痕。

"谁把你打成这样？"狄公震惊地问道，"是排军？"

"哦，不是的。"她若无其事地回答，"那些疤痕是一年多以前,我被卖到妓院时落下的。我今年十六岁,可那时还是孩子,不愿接客,所以经常挨打。不过,我还算幸运。有一天,排军来逛妓院,看上了我。他对掌柜说要赎我出去,掌柜就拿出当年我父亲画了押的卖身契,说我的身价是四十两银子。"她转身穿上睡袍,一面系着绸腰带,一面笑着继续说道:"掌柜刚要加上其他必须偿还的费用时,排军一把夺过卖身契,说:'好,就这么定了。'掌柜向排军要钱,排军只是用眼睛瞪着他,说道:'我刚才不是付钱了吗?你敢说我赖账?'可以想象,那家伙当时是怎样一副哭相。然而,他还是赔了一副笑脸,小心地说:'对,给了,你给了,谢谢。'排军就带我走了。掌柜知道,要是上公堂告状,排军就会带上一帮人把妓院砸个稀巴烂。说起来,我算是走运的。虽然排军脾气有点暴躁,可他心地善良。我也不介意这些疤痕,可以说,这是我干那活儿的标记。"

竹香正叙述着,狄公拉开了梳妆台的所有抽屉。"没什么,"他说道,"没有任何东西。"

"你想找什么?"竹香坐在床沿问,"凡是来这儿幽会的人,走的时候都要把东西收拾得干干净净,为的是不暴露自己的身份。他们知道,在这种场合,被人敲诈也是常有的事。你若要寻找线索,唯一的希望是察看床架上贴的诗画。这些诗画通常只署假名,不过,你会识字,也许能从中找出蛛丝马迹。"

鸨母托着一只大盘子走了进来,盘子里装有一壶茶、一碟糖和一碟新鲜水果。狄公塞给她一把铜钱,她客气地笑了笑,离开了房间。

竹香拉开床帘,上了床。狄公脱下帽子,搁在茶几,然后也上床,在苇席上盘腿而坐。这是那种古老的柜式床,里面如小房间一般大,左、右、后三面均为乌木雕花板壁,板壁上的框格一直伸到床顶。竹香跪在靠后的板壁前面,将一根发簪仔细地戳一个小洞。

"你在干什么?"狄公好奇地问道。

"我在塞住壁上的窥视孔。"她答道,"一般来说,这样早是不会有别的客人的。不过,多一个心眼总好。反正,我们不能让别人知道我们在干什么。"

她坐在狄公对面,身后垫了个大枕头。

狄公想,此次他来这里,确实学到了许多东西。以前,他尚未娶大夫人时,会不时光顾京城的高档妓院,但一些普通的妓院则从未去过,因而他对这种场所的习俗及其所提供的特殊服务一无所知。他抬起头,捋了捋胡须,开始逐一审视板壁上众多方形和圆形框框里所贴的诗画。通常每对夫妇都会在自己的床壁上贴一些歌颂古代贞男节女的诗画,以此作为装饰和启迪。自然,这里的诗画则是属于轻浮一类的。一些光顾此地的文人为了自嘲,常常会即兴写下几行诗文,倘若这些诗文写得不错,鸨母便会将它们贴在床壁。随着时光的流逝,原有的诗文旧了,鸨母又会换上新的。狄公开始诵读一副对联,是用流畅的行书写的:

> 一朝跨进温柔乡,
> 顷刻富贵成烟云。

他点点头,说道:

"诗句尚可，可惜太露了。"而后，他突然直起腰，目光移向一首七言绝句。前两句字迹娟秀，与他在冷青的钱庄里看到的莲花图诗文如出一辙。后两句是用工整的小楷写的，似乎出自大家闺秀之手，没有署名。

他慢慢地诵读前两句诗文：

> 日月穿梭起秋风，
> 艳花败落江流中。

接着，又诵读后两句诗文：

> 胜似蔫留枯枝梗，
> 惊扰他人比翼梦。

按照诗坛惯例，男的先写前两句，女的接着写后两句。在这方面，此诗似乎是符合常情的。诗中的"艳花"暗指两人不正当的关系，"败落"则指欢娱短暂。那个老乞丐曾说滕夫人的相好是一个穿戴整齐、脸上有红晕的年轻相公。一个人脸上有红晕并不一定是酗酒之故，也可能是因肺病引起的。而冷德正是死于肺病。此外，这位年轻的画家还偏爱绘莲花，这似乎也与实情契合。狄公对竹香说道："这首诗很可能是滕夫人和她的相好合写的。"

"我不明白诗里说些啥，"竹香说道，"不过听起来很悲伤。你认识她相好的字迹？"

"嗯。不过，就算我没看错，也对我们寻找杀害滕夫人的凶手没什么帮助。那个写前两句诗文的年轻相公已经死了。"狄公想了一会儿，继续说道，"现在你最好下楼，设法向鸨母打听那一对男女的详细外貌。"

"你是不是急着赶我走？"竹香唐突地说道，"不过，你还得再忍耐一会儿。眼下我们还得在一块。"

"对不起。"狄公抱歉地笑了笑。他没想到这个姑娘如此敏感，不过，她的顾虑却是正确的。"我考虑不周。"他迅即补充说道，"不过，我非常愿意你待在我的身边。你把茶盘端来，好不好？我们一边吃糖、喝茶，一边说话。"

竹香默默地下床去端茶盘。她把茶盘放在两人坐的苇席中间，倒了两杯茶，接着放了一颗糖到嘴里。随后，她突然说道：

"你终于能像在家里那样，躺在一张像样的床上了。"

"你说什么？"狄公从沉思中惊醒过来，"在家里那样？你很清楚，干我们这行是没有家的！"

"别用鬼话来唬我了！"竹香不悦地说道，"你装得很像，排军和他的人全蒙在鼓里。但是，你不可能糊弄一个与你同床而坐的有经验的女人。"

"这是什么话？"狄公怒声问道。

竹香猛地俯身向前，拉开他的睡袍。接着，她来回摸了几下他的肩膀，蔑视地说道：

"看你这身光溜溜的皮肤，说明你天天沐浴，搽名贵香料！还有你头发乌亮，能说你经常挨风吹雨淋吗？你是长得强壮，但皮肤很细，没有一丝疤痕。那些肌肉疙瘩是你和另外一个年轻家伙在演武厅里舞棍弄棒练出来的。你蒙骗我的办法实在不高明。也许我真的不值得你感兴趣,不过我告诉你,真正的拦路强盗、江湖骗子绝不会像你这样,面对一个姑娘,居然坐在床上纹丝不动,悠闲地喝茶。他们难得有机会接触我这样的女人,只要我脱下裤子,他们马上抓住我,无论多急的事都抛在脑后。他们可不像你,家有三妻四妾,一个个打扮得妖里妖气,日夜捧着你。哪像我,背上有这么多鞭痕。我不知道你是谁,是干什么的,也不在乎这些,但我无法容忍你的傲慢和冷漠。"

狄公听了这番连珠炮般的话,甚感吃惊,不知说什么才好。只听这位姑娘继续用辛辣的口气说道:

"既然你跟我们不是一路人,干吗来盯梢我们,盯梢排军?他是那么好,那么相信你。难道你想等到回去以后,把我们当成笑柄?"

她的眼里积聚了愤恨的泪珠。

"你说得对,"狄公平静地说道,"我确实在乔装拦路强盗。不过,我这样做并不是为了获取无谓的笑料。我是朝廷命官,正在调查一件案子,你和排军无形中帮了我很大的忙,省却了我很多麻烦。至于你说我跟你们不是一路人,这是错误的。我立誓替朝廷效命,为百姓出力,这百姓既包括县令夫人,也包括你;既包括宰相,又包括你的排军。竹香,我们都是大唐人氏,这是我们无上的骄傲。我们大唐人和其他蛮人的区别就在于我们相亲相爱,而他们自相残杀。我的这些话,你能听明白吗?"

竹香点点头,用衣袖拂去了脸上的泪珠。她感到多少有点安慰。

狄公与竹香(高罗佩 绘)

"另外，"狄公继续道，"你确实是一个很动人的姑娘，有张漂亮的脸蛋，而且身材苗条。若不是此时我有许多事需要考虑，我必定很乐意与你恩爱。"

"这未必是真话，"竹香淡淡一笑，"不过听起来舒服多了。你看来似乎很累，躺下来吧，我替你打扇。"

狄公在柔软的苇席上挺直了身子。竹香脱下睡袍，从床角取下棕榈叶扇，开始替他扇风。不知不觉，他已熟睡。

当他醒来，看见竹香已经穿好衣服坐在床前。

"你睡得很好，"她说道，"我也下楼和鸨母谈了好一阵子。她给了我不少提成，我要用这些钱买样东西，算是你给我的礼物。"

"我睡了多久？"狄公着急地问。

"一个时辰。鸨母说，你肯定对我很疼爱。她还说，那对男女来过两次，这和红眼说的完全一样。那女人长得瘦小，像是富贵家庭出身。那相公也好像出身富家，只是身子骨不结实，不停地咳嗽，但出手很大方。鸨母还说，他们两次来这里都有人跟踪。"

"你说什么，跟踪？"

"是的，有人一直跟踪到这幢房屋、这个房间。每次他们上楼后不久，就来了一个人，这人出了一大笔钱，用秘密小孔窥视房内动静。"

"他是谁？"狄公急不可待地问道。

"难道你指望他留下自己的姓名不成？鸨母说，他又高又瘦，不过由于他把颈巾围得很高，所以无法看清他的脸，而且他说话时压着嗓音。不过他肯定是个读书人，像是当官的，走路还有点瘸。"

狄公依旧拿着自己的袍服，没有吭声。他想，这个跟踪的不可能是别人，就是滕县令的师爷潘有德。在竹香的帮助下，他默默地穿上了袍服，当他系好腰带，戴上帽子后，他摸着衣袖，稍带点歉意地说道：

"你帮了我这么大的忙，我真不知如何感激你才好。请让我……"

"我替你打听消息是免费的，分文不收。"竹香唐突地打断了狄公的话，"不过我愿意你哪天再领我来这里。我相信，你准能讨女人欢心，可至少要等你不考虑其他事情的时候。然后，你付我六十个铜板。倘若过夜，则付一百。这是我一般在外面接客的身价。"

他们向门外走去。楼下，鸨母在等他们。她殷勤地送两人到大门口。

在街上，狄公对竹香说道：

"我还得去城北。晚饭时，咱俩在客栈见面。"

竹香给狄公指了去城北的路，两人便分手了。

十二

这次,狄公从正门进了县衙。他把写有"沈默,牙人"字样的红色名刺和一点赏钱递给一个守门的兵丁,请他将名刺交给潘师爷。不一会儿,一个衙役出来,领着狄公穿过公堂,到了潘有德的办公房。

潘师爷移开面前的一叠公文,请狄公坐在对面的椅子上。他提起桌上的茶壶,给狄公倒了一杯茶,然后神色忧郁地说道:

"沈相公,想必您已经听到了噩耗。县令大人伤心得几乎发狂,我真替他担心。今天上午,他突然派人把钱庄掌柜冷青抓了起来。要知道,冷青是本地颇有声望的人,现在整个县城的百姓都在谈论此事。我真希望县令大人没有弄错……今天一切都乱了套,就连验尸也不可能了,因为仵作突然出城,连招呼也没打一个。按理说,他是个很谨慎的人。"他突然意识到自己的失态,急忙补充说道:"沈相公,我相信您玩得很称心。关帝庙您去了吗?今天下午那里怕是很热。不过,我希望……"

"我确实看了一个很不寻常的地方。"狄公打断了他的话,"那地方在西门左边第二街。"

他紧紧盯着潘师爷,只见他的脸一片煞白。

"第二街?"潘师爷重复了一句,"哦,我明白了,您说的地址稍有出入,那肯定是第三街。没错,第三街有个古庙,很不寻常。要知道,它的历史十分悠久。大约三百年前,有个天竺高僧……"

狄公默默地听潘师爷叙述那个古庙的历史,没有再插话。他想,倘若这个姓潘的真是那对男女的盯梢者,肯定会千方百计地进行掩饰。于是,等潘师爷说完他的长篇大论后,狄公说道:

"我不能占用您太多的时间。滕夫人遇害之事,已经够您忙的了。不知现在有没有破案的线索?"

"据我所知,还没有。"潘师爷答道,"不过,县令大人也许知道一些,整个案子是他亲自处理的。这也难怪,毕竟受害者是他的夫人嘛。沈相公,这真是一场悲剧,一场可怕的悲剧。"

"他们的朋友听说后,都会很难受的。"狄公说道,"滕夫人是女诗人,想必和当地的女才子有来往吧。"

"看样子,"潘师爷笑着回答,"您对滕县令夫妇还不十分了解。要知道,他们难得外出。当然,凡属正常的官方往来,县令大人是要参加的,但除此之外,他闭门不出。在当地的绅士界,他没有一个特别的朋友,因为他认为,县令应该保持自己的尊严，不宜和当地百姓接触。滕夫人也是足不出户，她只是隔三岔五地到她寡居的姐姐家住几天。她姐夫是个有钱的乡绅，年纪轻轻就死了，那年她姐夫三十五岁，而她姐姐才三十岁。她姐夫身后留下北门外一个很大的庄园，那里的空气对滕夫人很有好处。奴婢们说，每逢她从姐姐家回来，总是精神抖擞。这一次她又需要去住几天，因为最近两个星期，她的身体很差，脸色苍白……想不到现在，她死了。"

两人一阵沉默。随后，狄公决定再试探一次，遂漫不经心地说道：

"今天，我刚好在一家店铺看见一幅画，乃当地一位画家所绘，其名冷德。据说他和滕夫人很熟。"

只见潘师爷愣了一会儿。但过后，他说道：

"对于这件事我并不清楚。不过，现在想来，是有可能的。那画家是她姐夫的一个远房亲戚，经常去她姐姐家的庄园，想必他是在那里和她见过面。太可惜了！这么一个有才华的画家，年纪轻轻就死去。他擅长画花鸟，尤其是莲花，而且技法独特。"

狄公心想，这回又碰了一鼻子灰。他已经知道那对情人的秘密相会处，但还想知道那个盯梢者的神秘面目。可是，他刚一涉及这个话题，就被堵死了。然而，鸨母关于那个人的外貌描述又和潘师爷十分相符：又高又瘦，像是当官的，有点瘸……他决定做最后一次尝试。于是狄公俯身向前，以神秘的口吻说道：

"潘师爷，昨天您向我介绍了本地的许多名胜古迹。这些地方白天看看是很有意思的，不过，到了晚上，孤独的游客自然把兴趣转到……转到……呃，比如说，比较实在的方面来。无疑，贵县有些地方的姑娘特别迷人……"

"对于这种无聊的消遣，我既无爱好，又无兴趣。"潘师爷生硬地打断了他的话，"因而我无法给您提供这方面的情况。"随后，他似乎想起，这个俗气之人毕竟是刺史介绍来的，于是强装着笑容，补充说道："要知道，我很早娶亲，现有一妻一妾，生了八个儿子和四个女儿。"

狄公后悔自己问了那番话。毫无疑义，潘师爷绝不肯窥视他人淫欲。那个神秘的盯梢者必定是另有其人，一个目前还不知道的人。也许滕夫人的手迹能提供线索。他将杯中的茶一饮而尽，继续说道：

"我是个商人，虽然不懂什么诗文，但对这方面很感兴趣。我向来是县令大人的诗歌爱好者，不过，对于他夫人的诗集，我还从未看过。您能否告诉我，哪儿能找到她的诗集？"

潘师爷噘起了嘴唇。

"这很困难。"他答道，"滕夫人的性情非常乖巧，也特别谦虚。县令大人说，他总是劝她将自己的诗作刊刻，但每次都遭到拒绝。到后来，他只好作罢。"

"太遗憾了。"狄公说道，"我还指望在看了她的诗歌之后，能就这方面和县令大人聊几句，以表示我对他的安慰。"

"这个嘛，"潘师爷说道，"我兴许能帮上忙。上星期滕夫人派人送来一本她的诗钞，册内附有一张便条，要我核查诗中一些有关威平的历史典故是否正确。我正准备把这本诗钞还给县令大人。您需要的话，就在这里看看。"

"太好了！"狄公说道，"为了不影响您的公务，我就坐在那边窗口拜读。"

潘师爷拉开抽屉,取出一本用蓝纸裹着的厚厚诗钞。狄公拿着到了窗前,在椅子上坐了下来。

他首先快速地翻了翻诗钞。这是用那种工整的小楷抄写的,笔迹和在那个风流场所看到的很相像,但稍有差别。当然,这可以解释为,这些诗是在书房静心抄写的,而那两句诗是在秘密相会时仓促写下的。

接着,他开始从头细看这些诗。不多时,他就被美丽的诗句吸引住了。狄公持有儒学的正统观点,认为诗言志而关乎德。他本人在年轻时就写过一首长诗,述及农业的重要,但对于那些抒发个人情感或记录瞬间思绪的诗作,却没多大兴趣。不过,他必须承认,滕夫人驾驭语言的能力和丰富的想象使她的诗歌有一种无可抗拒的吸引力。她特别擅长用修饰词。一般,她只用一个修饰词,但这个词却能准确地概括出事物的特征。有些生动的比喻似乎在滕县令已刊刻的诗集中也见到过。显然,这对夫妇一块儿切磋诗艺,琢磨词句。

他坐在那里,将诗钞放在膝上,捋着胡须陷入沉思。其间,潘师爷投来一个诧异的眼光,但他没有察觉。他想,像滕夫人这样一个有才华的女诗人,温文尔雅,乖巧伶俐,还幸福地拥有一个志同道合的丈夫,会暗中与人通奸吗?她,一个能将自己的细微情感如此生动地反映在诗歌中的女子,居然会屈尊俯就地去污秽的风流场所,忍受鸨母的诒笑,克制塞小钱的尴尬,这似乎太不可思议了。当然,对某个粗俗的小伙子突然产生情感,一见钟情,这样的事也不是绝无可能。女人的情感是很难捉摸的。然而，这位年轻的画家又和她丈夫同属一类，并无异样的趣味。他百思不得其解，便使劲地拉扯着胡须。

突然，他想起两者笔迹的细微差别。也许那个与冷德私通的女人不是滕夫人，而是她的姐姐，亦即那个年轻的寡妇。说不定当时是她姐姐戴着她的耳环和手镯，因为姐妹之间换戴首饰是常有的事。而且既然冷德是她姐姐的一个远亲，和她姐姐碰面的机会自然要多得多，何况她还有其他两个姐妹。他问潘师爷：

"请您告诉我，滕夫人的其他两个姐妹是否也住在北门外的庄园？"

"据我所知，沈相公，"潘师爷答道，"滕夫人只有一个姐姐，也就是那个庄主的寡妇。"

狄公将诗钞还给潘师爷。"好诗！"他赞叹道。此时，他确信那个年轻的寡妇就是冷德的相好。她的笔迹没有理由不和滕夫人相似，因为两人还是小姑娘时，就由同一个私塾先生教授读书、写字。也许她打算等守孝期满后嫁给那个年轻的画家。当然，私通是不对的，但这就不是他所要考虑的事情了，而且他也不愿思索那个有窥探他人隐私嗜好的神秘盯梢者是谁。总之，他对这事判断有误。他叹了口气，站起身，对潘师爷说要见县令大人。

当狄公与滕县令一道在书房的茶几旁边坐下后，他说道：

"滕大人，明天我们就动身去州府。我已尽了最大努力，但依然没有找到丝毫证据能证明您夫人的死为外人所为。您说得对，倘若真是如此，那就太巧合了。我向您道歉，滕大人。今晚我会设法想出一个可信的理由，解释滕夫人的尸体如何在沼泽地被发现。至于延误向刺史报案一事,我将担负全部责任。"

滕县令神情严肃地点了点头。他说道:

"狄大人,对于您为我做的一切,我深表感谢。其实,我才该向您道歉,因为在您休假时,给您添了这么多麻烦。其实,您的努力就是对我最大的安慰,您的同情、理解和乐于助人,我没齿难忘。"

狄公心里一阵激动。本来,滕县令完全有理由连声责备他,因为他妄称能找到证据,因而延误了报案。加之,又给滕县令虚假的希望。他由此联想到,当时幸亏找了个借口将件作支开。在这么热的天气,尸体腐烂得很快,精细的验尸已不可能了,从而避免了滕县令获知自己在杀害夫人之前,还曾经对她进行强暴。迄今狄公仍然觉得这事不可思议。不过,一个人在头脑发狂的情况下,是什么事都可能做得出的。他说道:

"我希望您再给我一个机会,让我在另一个案件,亦即在葛齐元自尽的案件上,替您出力。想必您会说心绪不佳,无力听我的解释。不过,我碰巧了解到此案的一些非常有用的情况。钱庄掌柜冷青向我承认,他骗取了葛齐元的大量钱财。正因为如此,我才给您捎信,请求将他捕获。刚才我听说您已依从了我的请求。我本无多大能耐,却蒙您如此信任,甚感惭愧。不过我相信,至少在这个案件上,我不会使您失望。"

滕县令疲惫地用手摸摸额头。

"哦,真的,"他说道,"我差点把这个案件给忘了。"

"我看这个案件您今天就不要考虑了。如果您能允准,我想和您的师爷一道进行勘察。"

"悉听尊便。"滕县令答道,"您说得很对,我确实无法集中精力来思索这个复杂的案件。还是专心思量明天面见刺史大人时如何应答吧。狄大人,您很体贴人。"

狄公感到惭愧。从外表看,滕县令是个冷漠的人,但他内心其实是很通情理的,而自己居然傻乎乎地认为,滕夫人一直对丈夫不忠。他说道:

"滕大人,多谢了。我想,为了能同您的师爷一道阅看公文,最好向他公开我的身份。"

滕县令拊掌同意。他叫来老管家,说要召见潘师爷。

潘师爷听了狄公的真实身份后吃了一惊。他立即连声致歉,说自己怠慢了狄公。然而狄公打断了他的话,请求滕县令允许两人告辞。

当手足无措的潘师爷领着狄公去他的办公房时,狄公发现天已经黑了。他对潘师爷说道:

"我想,咱俩不如到外面透透空气。今晚我请你吃饭,劳驾替我找家餐馆,叫几个地方特色菜。"

潘师爷再三推辞,说无法承受如此恩宠。狄公坚决不从,说到了外面,他依然是牙人沉默。终于,潘师爷拗不过他,便同意了。两人一道离开了县衙。

十三

潘师爷在山岗上找了家小餐馆。从餐馆的楼厅,他们能俯视月光笼罩的县城。他们要了清蒸河鱼、烤鹌、火腿、鹌鹑蛋等地方特色菜,狄公吃得津津有味。想到此时乔泰还在凤凰客栈狼吞虎咽地喝着纯豆粉粥,他不免心里有点内疚。

这期间,潘师爷扼要地介绍了葛齐元案的发生经过。之后,狄公向他述说了冷青骗钱、孔山偷窃账簿、葛齐元在钱柜存放二百两黄金等情况。他暗示,是孔山敲诈了冷青,而他则设法使孔山交出了两张金票。

然后他问:

"县衙有没有孔山的文案?"

"没有,大人,这名字我还是第一次听见。真令人吃惊,大人两天里就掌握了这么重要的情况，令在县衙干了多年的潘某人甚感惭愧。"

"我是碰巧了解到的。另外，我听说葛夫人要比葛员外年轻得多。请您告诉我，葛员外是什么时候娶葛夫人的？他有没有别的妻妾？"

"葛员外原有三房夫人，原配和第三房在婚后不久就死了，第二房也于一年前去世。由于葛员外年过六十，儿子都已长大成人，女儿也已出嫁，大家都认为他不会娶妻，充其量讨个小妾照料自己。然而，有一天，他去了一家小的绸布店。这家绸布店常常从他的铺子里进货，店主徐某已经死了，他的寡妇想继续支撑门面，但背了许多债。葛员外迷上了这个寡妇，坚持娶她为妻。起初，大家都把这事当成笑料，但葛夫人以自己的所作所为纠正了人们的看法。她善于持家，而且自葛员外患胃痛起，她就没离开过他的病床。所以大家一致公认她是一位非常贤惠的夫人。"

"有没有人说她对自己的丈夫不忠？"狄公问道。

"从来没有。"潘师爷即刻回答，"她的名声极佳。正因为如此，在那场悲剧发生后，我不敢让她上公堂做证，而是去葛府当面讯问。当然，讯问时按照惯例，她坐在帘后，旁边站着奴婢。"

狄公心想，还是去会会这个妇人，因为潘师爷的评价和乔泰的际遇根本对不上号。他说道：

"我很想看看悲剧发生的现场。反正，黑夜才刚刚开始，我们不如去葛府。您就说我是官府里的人，临时被派到县衙办事。"

潘师爷点点头。他说道：

"正好我也想再去现场看几个地方，尤其是卧房。现在我们不用担心会给葛夫人带来不便，因为据说她已经搬出了卧房，到西边厢房去睡了。"

狄公付了账。他提出雇一乘轿子，但潘师爷说他能拐下山，于是两人一路闲逛，到了城中心的葛府。

迎面是一幢很高的门楼，朱漆大门，饰有一排排铜钉，两侧则是很粗的花岗岩柱。管家在正厅迎候他们。厅内装饰得颇为雅致，摆放着古香古色的桌椅。他先是给他们拿来茶点，然后将他们的来意禀报给葛夫人。过了一会儿，他拿来几把钥匙，说葛夫人已经同意。

接着，他点亮了一只灯笼，领着两人穿过弯弯曲曲的走廊和庭院，来到一个围有竹篱笆的花园，花园后面有一幢低矮的平房。他解释说，已故葛员外之所以把这里作为卧房，是看中它的宽阔平台，从那里可俯视河水和花园。

他启开结实的房门，先进去点亮了中间桌上的蜡烛。"要是不够亮，"他说道，"我就点亮那盏大油灯。"

狄公迅速察看了这个房间。里面空空荡荡，仅有几样家具。空气陈腐，显然门窗有几天没有开过了。他向对面的窄门走去。管家为他开了门，他步下三个台阶，到了一条很短的过道。在过道末端，他拉开门，看见一个很宽的大理石平台。平台前面是花园，斜斜的一直伸到河岸。左前方立着葛员外最后一次摆宴的亭子，在月光下，绿色琉璃瓦十分醒目。

他在平台上站了一会儿，欣赏美丽的景色。之后，他走回屋内。他注意到，通往平台的那扇门虽然很矮，但只有比他个头高很多的人才可能撞上。当他回到卧房时，看见左边墙壁倚着一个穿白衣的高个子妇人。她年约三十，椭圆形的脸蛋，五官俊俏，即便宽松的孝服也无法掩盖她标致的体型。狄公一边看着这个双目低垂、相貌出众的妇人，一边想，乔泰好眼力。这家伙不像他的拜把兄弟马荣，只喜欢打情骂俏的粗俗女子。他上前行了个大礼，葛夫人也欠身回礼。

潘师爷恭敬地介绍狄公说，这位是沈相公，临时被派到县衙当差。葛夫人扬起晶亮的大眸子，打量了狄公一眼。她转身面对管家，说你可以走了。接着，她示意狄公和潘师爷坐在窗前的两把椅子上。窗户又宽又低，紧挨着两人进来的那扇门。她自己依旧站立，身子挺得笔直。狄公坐下后，注意到她身后的阴影中站着一个娴静的小丫鬟。葛夫人一面摇着白绸扇，一面以冷漠的语音对潘师爷说道：

"二位不辞辛苦来这里调查，我作为女主人，理当亲自前来效劳。"

潘师爷正欲连声道歉，狄公抢先发了话。

"夫人如此深明大义，我们实在感激。"他毕恭毕敬地说道，"我明白，这次来到悲剧现场，将给您带来很大的痛苦。不过，我也是受公事所迫，因为必须尽快将您丈夫自尽一案的相关事务查清。为此，我们不请自来，还望您能谅解。"

葛夫人没有吭声，只是神色严肃地点了点头。狄公想，真不愧是当了几天的员外夫人，这么快便掌握了名门淑女风范。他继续以尖刻的话语说道：

"那么，我就无理了。"他漫不经心地望着房内的柜式床。这张床立靠在葛夫人对面的墙壁，遮有蓝色床帘。在她身后，是一叠放置衣服的红漆皮箱，通常皮箱就叠在那个位子。石灰墙壁和花格砖地都是光秃秃的。他试探地说道：

"夫人，房内的家具似乎很少。您丈夫在世时，恐怕不止这些吧？也许，这里有张梳妆台，墙上有几卷画……"

"我丈夫是个俭朴之人。"葛夫人冷冷地打断了他的话，"虽然他有万贯家财，但不喜欢奢侈，崇尚简朴的生活。"

狄公点点头。

"这么说，夫人，此间房内的摆设就是他高尚品质的有力证明啰。唔，让我想想，我想勘察什么。"他的目光再次落在那几只皮箱上。他继续说道："瞧，这儿只有三只皮箱，分别标示着秋、冬、春。第四只皮箱，也就是装放夏天衣服的皮箱，现在哪里？"

"我让下人送去修理了。"葛夫人不耐烦地回答。

"哦，是这样。"狄公说道，"我说刚才怎么觉得少了样东西呢，原来是看惯了四只皮箱。唔，夫人，您能否仔细回想那天晚上房内发生的情况。当然，我已经看了县衙的笔录，不过……"

突然，葛夫人用扇子拍打什么。她厉声训斥身旁的丫鬟：

"我和你说过多少次了，不要让这些可恶的东西进屋。快，打死它……飞啦！"

对于葛夫人突然发怒，狄公甚感吃惊。潘师爷急忙打圆场："夫人，不过是一两只苍蝇嘛，我……"

葛夫人没有理睬他的话。她跟着丫鬟急急地寻找那只苍蝇，用手绢拍打。

"怎么还没打着？"她着急地说道，"在这儿……快打！"

狄公饶有兴趣地观察她的举动。突然，他站起身，用桌上的蜡烛点亮了旁边的大油灯。

"别点那盏灯！"葛夫人厉声说道。

"为什么，夫人？"狄公柔声问，"我只想帮您看看还有没有别的苍蝇。"他举起蜡烛，照看天花板。

"房间太亮对死者不尊重。"葛夫人冷冷地回答。然而，狄公没有理睬她的话，他继续盯看天花板，慢慢地说道：

"哟，夫人，房内苍蝇多得很呢。这倒奇怪，尤其是门窗已经关了两天了。瞧，苍蝇本来在上面歇息，看见亮光就飞下来了。"

他不顾葛夫人的反对，迅速将油灯里的四根灯芯全部拨亮。接着，他举起油灯，细细观察天花板。葛夫人走上前，视线跟着他的手移动。她的呼吸急促，脸色苍白。

"夫人，您不舒服？"丫鬟着急地问，但女主人已无心听她说话。随着一群苍蝇嗡地扑向油灯，她往后一缩。

"看，"狄公对潘师爷说道，"现在苍蝇飞到油灯下面了。已经对灯光不感兴趣。"

潘师爷目瞪口呆地望着狄公。他的表情似乎在说，这位县太爷发疯了。

狄公向那张柜式床走去。他俯身察看地面，然后直起身，半是对潘师爷，半是对葛夫人，说道：

"真奇怪！苍蝇全部趴在床帘边上！"

他撩起床帘，窥看床底。

"哦，我明白了。"他说道，"苍蝇对这里的地面感兴趣。我想，地底下肯定有什么东西。"

他听见身后有人低低地叫了一声，急忙转身，见葛夫人已倒在地上，晕了过去。丫鬟急奔上前，跪在她的身旁。狄公走过去，朝她俯卧的躯体看了一会儿，潘师爷着急地说道："她患了心疾。我们必须……"

"胡说！"狄公厉声喝道，然后吩咐丫鬟："别管她！过来帮我把床移开。潘师爷，您最好也过来帮忙，这床恐怕很沉。"

然而地面很滑，他们没费多大力气就把床移到了窗户旁边。狄公蹲身察看花格地砖。他从围领取出一根牙签，戳了戳砖缝，然后对潘师爷说道："这几块地砖最近松动过。"他转身大声吩咐丫鬟："快去厨房拿菜刀和火铲。不许声张，马上回来，听见了吗？"当丫鬟慌慌张张地离去时，狄公神色严肃地望着潘师爷，说道："好狠毒的诡计！"

"是的，大人。"潘师爷回答。然而他的惶惑神色表明，他一点也不理解这话的意思。不过，狄公并没有察觉，他捋着长须，专心地盯着地面。

丫鬟拿着菜刀和火铲回来了。狄公蹲下身子，用菜刀撬起了两块松动的地砖，只见下面的泥土很潮湿。狄公拿起火铲，将其余松动的地砖一一撬起，摞在旁边。他发现，下面刚好形成了一个五尺长、三尺宽的口子。接下来，他卷起衣袖，开始铲下面的松土。

狄公与潘师爷在葛员外的卧室（高罗佩 绘）

"大人，您不能干这样的活！"潘师爷吃惊地喊道，"我去叫几个奴仆来！"

"别嚷！"狄公厉声喝道。他的火铲已经触碰到某个柔软的东西。随着土不断地被铲出，洞口冲出一股令人作呕的气味。不久，一只红皮箱开始露了面。

"潘师爷，这就是那只不见了的皮箱。"他说道。接着，他转身看着丫鬟。此时，她正蹲立在自己的女主人身旁，想让她恢复知觉。狄公对她厉声喝道："快到大门口找门房，说潘师爷要他马上去县衙，让班头带四个衙役和女牢头来这里。还有，回来时给我从中堂的香炉里拔一把焚香。快去！"

狄公擦了擦额上的汗珠。潘师爷一直不安地看着葛夫人俯卧的躯体。此时，他怯怯地问：

"大人，我们是不是把她挪到……"

"不用，"狄公生硬地回答，"赤凉的地砖很快就能让她苏醒。她完全知道她丈夫的尸体就埋在这地底下。她与人合谋杀死了她的丈夫。"

"可是，大人，她丈夫已投河自尽。我亲眼看见的。"

"但尸体没有找到，是不是？我告诉您，葛齐元是回来服药时，在这个房间被害的。"

"那么，谁从屋内冲出，跳进河里？"

"杀人凶犯！"狄公回答。他挂着火铲，继续说道："这是一起精心策划的杀人案。凶犯把葛员外埋在地底下后，穿上他的衣服，戴上他的帽子，并在脸上抹了些污血，然后冲出屋子，跑到平台，进了花园。这时你们正在等候葛员外从屋内出来。你们看见了熟悉的衣服和帽子,又被他的叫嚷和脸上的污血惊呆了,都以为他就是葛员外。他先是向亭子跑去,但不等靠近,便又折向河岸,跳了下去。我想,他肯定是随河水漂到一个无人的地方之后再爬上岸来。为了迷惑人,他把帽子抛进了河里。"

潘师爷慢慢地点头。

"嗯,我明白了。"他说道,"不过凶犯是谁?也许是孔山。"

"孔山确实最值得怀疑。"狄公说道,"他想必是杀了葛员外之后再偷了钱庄掌柜冷青的账簿。虽然他不够强壮,但也许是游泳好手。"

"他也许在自己身上割了道口子,抹了些血到脸上。"潘师爷说道。

"也可能是用葛员外的血。丫鬟来了。现在我们得查清葛员外是怎样被杀的。请您从她手里把焚香接过来,靠近我的脸。"

潘师爷遵命行事。狄公翻起围领,使之捂住口鼻。接着,他开始铲除箱盖上的泥土。当皮箱上半截的泥土铲除后,他蹲下身子,剥掉了封在箱盖四周的油灰,然后起身用铲尖挑开箱盖。

一股腐臭的气味冲了出来。潘师爷迅即用衣袖捂住鼻子,同时挥动焚香,让它的青烟布满四周。但见箱内塞着一具仅着内衣的瘦弱男子的尸体,头发已经发白,顶部已稀疏脱落,左肩胛插着一把刀。狄公用铲尖将头颅稍稍转了个面,以便潘师爷能看见那张皱巴巴的脸。

"这是葛齐元?"他问。

潘师爷目瞪口呆地点了点头。狄公合上箱盖,将火铲扔在地上。然后他走到窗前，推开窗户，又扶正帽子，擦了擦脸上的汗珠。

"班头衙役等人来这里后，"他对潘师爷说道，"让他们把箱子起出来，原封不动地送到县衙。再叫一乘轿子，让女牢头押着葛夫人坐进去，抬到县衙，关进大牢。把事情原原本本呈给滕县令。告诉他，我现在去抓孔山，即便他不是杀人凶犯，也可以提供有价值线索。滕县令原本打算明晨赶去州府办事，现在出现了这么多新状况，我想他最好先在明天上午提审葛夫人。如果我逮住了孔山，相信明天上午便能了结这个案子，然后再去平湖。我要先走了。您回到县衙后，最好拟写一份如何发现死尸的公文，明天我作为证人在上面签字。"

他和潘师爷告别后，便吩咐丫鬟领他出大门。

街上依旧很热，但他想，无论如何，也强似在那间房内嗅闻腐臭味。他走了一段上坡路，到了城中心地带，疲惫不堪地拐进了去凤凰客栈的胡同。

屋内传出了小调声和笑声。狄公感到很高兴，因为大家都在，他即刻就能从他们嘴里了解到孔山的其他情况。酒保开了门，依旧是满脸的不高兴。显然，他讨厌黑夜。

十四

厅内亮着六七支冒烟的蜡烛,呈现一种活跃的气氛。四个男人正赌得起劲,一见骰子出现好的组合,便念唱起来。在一旁观阵的乔泰和童生也加入了他们的念唱。排军怀抱竹香端坐藤椅,一手搂着竹香的腰,一手为她哼唱的下流小调打拍子。狄公刚一露面,排军便嚷道:

"喂,抓贼的,有没有逮住那个凶手?"

"别说逮住他,连他的鬼魂都没见着。"狄公不高兴地说道。

"但婊子说,她确实被你逮住了!"排军咧嘴而笑,"从今以后,咱俩称兄道弟,呃?咱们都是一家人!"他推开竹香,站了起来。接着,他在竹香的背上拍了一下,嚷道:"现在给我说说胡子教了你什么新花招!"

大家都哈哈大笑起来。

狄公在靠窗的餐桌旁边坐下。乔泰站起身,从柜台拿了两只大酒杯。他刚一坐下,狄公便着急地问:

"孔山来过吗?"

"他没在这里露面。"乔泰答道。

狄公猛地把酒杯放在餐桌上,怒声说道:

"你说得对,应该把他抓起来,放他走是一个严重的错误。我不明白他为何不露面。他是个精明人,应该清楚,既然县衙逮捕了冷青,也许很快就会宣布将他的财产没收。这样,那两张金票就不能在金铺兑现了。"他朝四个赌徒喊道:"喂,你们有谁能告诉我孔山的下落?"

秃子扭过头来看了看,摇了摇头。

"老哥,他没有固定的藏身处。即使有,也不会对我们说。我想,他就像虫子一样,缩在石头底下睡觉。"

众赌徒放声大笑。

"这家伙又做了什么肮脏事?"乔泰问道。

"恐怕杀了人。"狄公回答。接着,他低声将葛府发生的事讲述给乔泰听。

他讲完后,四个赌徒也算清账目,慢悠悠地上楼睡觉。童生去了外面。酒保向狄公的餐桌走来,问他们需要什么,他们说什么也不需要,他就消失在柜台后面。

"那家伙就睡在柜台里?"狄公吃惊地问。

"没错。"乔泰笑着回答,"柜台的第二层刚好可以容纳他的身体。至于孔山，说句十分遗憾的话，他肯定不是杀害葛员外的凶手，因为他绝对没有胆量跳进河里。那条河我看见过，水流很急，到处是突起的怪石，有很多可怕的漩涡。那个人跳进河里，并顺着河水漂了一段路，然后平安地上岸。这说明他一方面非常熟悉河道的地形，游泳技术高超，另一方面又有惊人的胆量和恒久的耐力。大人，相信我的话，孔山肯定没有胆量那样做。"

"即便如此，"狄公说道，"他也可能是那个跳进河里的人的同谋。只有他这种歹毒、诡诈的人，才能设计出如此狠毒的伪装自尽的计谋。加之，他又偷了冷青的账簿，所以凶手作案时，他肯定在场。明天我就让潘师爷派出精干的衙役将这个恶棍逮捕。他既没拿到钱，又没对我们实施报复，不可能就这样离开县城的。"

"提起同谋，"乔泰缓声说道，"我在见葛夫人时，曾听她说过在等候另外一个人，但那个人并没有来。因为当时我误认她是角妓，以为她是指另一个嫖客。现在看来，那个人可能就是她的相好，也就是孔山的帮凶。天哪，这倒使我想起她说过的另一句话，就是她很快就要离开此地。"

"她跑不了啦。"狄公冷声说道，"我已将她关进牢里。显而易见，她对谋杀之事一清二楚。明天我请滕县令指派我一同审理此案，这样我就可以亲自审问葛夫人了。审问一结束，我就陪滕县令去平湖。"接下来，他为乔泰讲述了冷德和他的相好两次光顾风流场所，某个神秘的男人在后面盯梢的情形。他最后得出结论，那个女人根本不是滕夫人。"因此，"他说道，"我对查清葛齐元的案子感到高兴，否则真对不住滕县令。好吧，说说你下午有何发现。"

"我做的事很简单。午休之后，我离开客栈，那个可恶的童生执意要陪我走一段路。他十分诡秘地对我说，他独自做了一笔大买卖，能赚二百两黄金。"

"除非他能活二百年！"狄公说道，"我和他去沼泽时，他也说了类似的大话。关于排军，总兵府的人说了些什么？"

"像以往一样，"乔泰笑着回答，"我兜了一些圈子才找到适当的人。募兵府的司录说逃兵的材料归军务府掌管，而军务府的参军又说这事得找募兵府。终于，一个机灵的尉官把我拉到一边，点拨我说，你要是死守在这里，恐怕头发白了也拿不到所需的材料。不如去找毛参军，他在西军丙营区干过，也许熟悉排军脱逃之事。于是我便去找毛参军。这个毛参军是威平总兵府毛总兵的侄子，相貌极其威严，但实际上是个和蔼可亲的人。他说自己对排军非常了解。在丙营区，排军是员骁将，作战勇敢，深受下属敬爱。后来，来了一个姓伍的郎将，此人十分贪婪，经常克扣兵卒的军饷。有一次，一个兵卒对此有些微词，姓伍的知道后，便命排军抽那个兵卒一百皮鞭。排军不从，姓伍的就迁怒于排军，排军无法容忍，遂将姓伍的打倒在地。鉴于打骂上司要受重罚，排军只好逃离了军队。嗣后，姓伍的私通外邦奸细一事泄露，被斩去首级。毛参军还说，若是排军离伍后一直没有劣迹，他们将破例不追究他的脱逃之事。目前军队正需要他这样的人。倘若县令保荐，他可重新入伍，并晋升尉官。整个经过就这样。"

"你说的这些情况,我听了很高兴。"狄公说道,"排军是个莽汉,但为人正直,我很想帮助他。唔,那个算命先生的情况怎样?"

"他的确是个算命先生,一点也不用怀疑。这位老先生举止庄重,对自己的职业很虔诚。他认识葛齐元很久了,两人关系融洽。他说葛员外心地善良,乐于助人,只是性情有点怪诞,遭遇点事就大声嚷嚷。我把孔山的外貌描绘了一番,他说没见过这个人。然后,我请他也给我算一卦。他看了看我的掌纹,说我将来会死于刀剑之下。我说,你算得丝毫不差,真是神极了。然而,他不喜欢我的恭维。正如我原先说的那样,他对自己的职业很虔诚。"

"那么,这个疑团算是解决了。"狄公说道,"我原来估计,凶手为了达到杀害葛齐元的目的,会预先收买那个算命先生,让他故意说这月十五是大难之日。好吧,我们该上床睡觉了,因为明天还要早起上公堂。乔泰,这是我们最后一晚睡在凤凰客栈。明天我不得不公开自己的身份,剩下的时光我们将住在县衙的客房。"

乔泰拿起蜡烛,两人上了楼。

他们觉得这间小小的卧室似乎比昨晚更热、更拥挤。狄公本想打开窗户,但污秽的窗纸接二连三响起的微弱撞击声在提醒说,外面密密麻麻的飞虫正等着发起攻势。他叹了口气,躺在了硬板床上,并拉紧身上的袍服,以防另一种虫子成群结队地从床板的缝隙里爬出来袭击。乔泰依旧躺在地板上,头靠近门。

狄公辗转反侧不能入睡。不久,他觉得空气变得很闷,由于吹灭了蜡烛，撞击窗纸的飞虫少了，他便决定打开窗户。然而，他推拉了几次，窗框好像生了根似的。于是他从围领里取出发针，将窗纸戳了个洞，一股微风伴着凉爽的月光，从洞口吹了进来。他觉得舒畅了些，便重新躺下，翻起围领盖住脸，以防蚊子噬咬。过了一会儿，他觉得实在疲劳，便渐渐入睡了。

除了有节奏的鼾声外，整个凤凰客栈一片宁静。

十五

乔泰猛然惊醒。他闻到一股奇怪的辛辣味。虽然他随同狄公在城里生活了一年,但在绿林多年养成的机警依旧不减。他打了个喷嚏,脑里马上想到火,想到整个客栈是由木板构成的。于是他跳了起来,以极快的动作抓住狄公的一只脚,整个身子向房门撞去。房门被撞开了,他拖着狄公倒在狭窄的过道。黑暗中,他碰上了一个油滑的怪影。乔泰伸手一抓,怪影挣脱了,之后像是有人滚下楼梯,一阵骨碌碌的响声过后,楼底传来了压抑的呻吟声。乔泰开始咳嗽。他大声嚷道:

"快起床!着火啦!"然后,他对狄公说道:"下楼梯,快!"

接着是一片混乱。当近乎裸着身子的男人骂着拥向楼梯口时，乔泰和狄公已经滑下了楼。在楼底，乔泰被一个人的身子绊倒。随即他爬起来，跑上前一脚将门踢开。他深深地吸了口气，又连着咳嗽和打喷嚏。之后，他到柜台摸到一个引火盒，点亮了一根蜡烛。此时狄公也冲到了门外。他感到头晕、恶心，不过，打了几个喷嚏后，他觉得好多了。他望了望二楼，依旧是一片漆黑，整个屋子并没有着火，但他已明白是怎么回事。他回到屋内。这时，酒保蓬头垢面地出现在柜台后，又点亮了几支蜡烛。

烛光映亮了一个奇特的场景。排军浑身一丝不挂，看上去像一只巨大的毛猴。他和秃子并排站立，俯视着地上一个低声哭泣的怪人。三个赌徒仅穿着内裤，睡眼惺忪地面面相觑。竹香也是全身赤裸，她一面捏着遮挡阴部的窄小腰巾，一面瞪大眼睛，惊恐地朝地上呻吟的男人张望。场内唯有狄公和乔泰穿着完整的衣裤。只见狄公俯身拾起一个竹制的吹管，这个吹管大约两尺长，末端系了个很小的葫芦。他匆忙看了看，便对孔山厉声喝道：

"你把什么毒药吹进了我们的房间？"

"那不是毒药，是催眠剂！"孔山哀声回答，"不碍事的！我不想伤害你们任何人！我的脚踝扭伤了！"

排军朝他的胸部狠狠地踢了一脚。

"我还要折断你身上的骨头，一根不留！"排军怒声吼道，"狗娘养的，你溜进屋想干什么？"

"他想偷我的东西。"狄公说道。他对此时正在搜索门边一堆衣服的乔泰说："可以把门关上了。这个坏家伙吹进房内的粉末已经消散了。"然后，他又对排军说道："瞧，这个坏家伙脱光了衣服，浑身涂满油，为的是被抓住后能轻易地挣脱。他打算

凤凰客栈的骚动（高罗佩 绘）

偷到东西后就逃走。"

"这就好办。"排军说道,"我不喜欢杀人,但谁要破坏不许偷取同伴钱财的规矩,谁就得死。我们把他干掉。不过,你先来审问,你有这个权利。"

他朝手下的人做了个手势。他们抓住孔山,将他按倒在地,呈"大"字形,然后分别踩上他的手和脚。当秃子踩上那只扭伤了的脚时,孔山发出杀猪般的叫声,而排军又开始踢他。

狄公扬起了手。他好奇地盯着这个伸开四肢趴在地上的人。瘦骨嶙峋的躯体上布满了一条条可怕的伤疤,这些伤疤似乎是用烙铁烙成的。乔泰走来,把刚刚从孔山衣服里找到的两个包袱递给狄公。狄公将那个很沉的包袱还给乔泰,打开了另一个包袱,只见里面是一本被水浸过的账簿。"这是从哪里偷来的?"他问孔山。

"我捡来的!"孔山尖声喊道。

"说实话!"狄公喝道。

"这是实话!"

"你去厨房取一把火钳,铲些红炭。"排军大声吩咐酒保,"我们不妨夹几个红炭放在这个孬种的肚皮上,这样不怕他不招。虽然闻起来有点不舒服,但做事嘛,不可能样样称心。"

"别烫我!"孔山发狂似的大叫,"我发誓,是捡来的!"

"在哪儿捡的?"狄公问道。

"这里!前几天晚上我来这里,见你们都睡着了,便将楼上各个房间搜了一遍。在那个女人的床铺后面,我捡到了这本账簿!"

狄公迅即将目光移向竹香,只见她抓着自己裸露的乳房,轻轻地发出一声惊叫。从她惶恐的眼神中,狄公霎时明白了一切。他急忙对排军说道:

"不行,这个孬种在说谎。我最好和我的同伴一道,把他带到一个无人的地方,慢慢地审问。这儿人多嘴杂,恐怕会惊动左右街坊。我们带他去沼泽。"

"不,不!"孔山大叫。排军踢了他一脚,厉声喝道:

"你这臭狗屎,竟敢诬赖我们的娘们!"

"这是实话!"孔山嚷道,"我撕了几页,又放了回去。今晚我来这里……"

狄公立刻脱下脚上的毛毡拖鞋,用较尖的一头堵住了孔山的嘴。"待会儿我叫你嚼舌头!"他说道。接着,他把孔山的吹管拿给排军看。"药粉就装在这葫芦里。"他说道,"要是将药粉从门缝吹进房内,等到扩散之后,里面的人就会被麻醉。不过今晚这个孬种运气不佳。他吹药粉时,恰逢我的同伴睡在地板上,头靠近房门,于是整个药粉落在他的脸上,呛得他直打喷嚏。不等药粉扩散,他就撞开房门,我们便冲到了外面。还有,我在睡觉前在窗纸上戳了个洞,因此不断有新鲜空气流入。要不然,此时大家还在熟睡,我和我的同伴就已经被切断喉管了。喂,你是不是卡住了我的窗户?"

孔山点点头。他用力鼓动腮帮子,想吐出嘴里的拖鞋。

"你吩咐人用油灰封住他的嘴,"狄公对排军说道,"再让他们做个简单的担架。我们用床旧毯子将他裹起来,抬着上路。要是遇见巡夜的,我们就说他得了传染病,抬他去看医生。"

"秃子！"排军吼道，"松开那只脚，反正他动不了。去拿油灰。"然后，他望着狄公："难道你不需要带什么家伙？"

"我当过班头，知道怎么对付他。"狄公答道，"不过，你最好借我一把刀。"

"好！"排军说道，"这倒提醒了我。就劳你割下他的耳朵和手指，我要送给城里几个活得不耐烦的人，作为小小的警告。你再包在油灰里带回来，行吗？他的尸体，你们打算放在哪里？"

"沉入泥潭。这样神不知鬼不觉。"

"好极了！"排军感到很高兴，"一般我不喜欢在这里开杀戒。实在要开，就要干得干净利落。"

孔山睁大两只惊恐、痛苦的眼睛。在三个赌徒的脚下，他的身子像鳗鱼一般扭动。秃子扯掉他嘴里的拖鞋，他开始发出不连贯的声响，但很快地，一团黏糊糊的油灰又封住了他的嘴。排军亲自拿细绳缚住他的手脚。竹香拿来一床旧毯子，帮助乔泰将他从头至脚裹了起来。两个赌徒临时扎了一副担架，用另外的绳子将他牢牢绑在上面。

狄公和乔泰把担架抬上肩。

童生进来了。他望着在场的男人和一丝不挂的竹香，吃惊地问：

"你们这是干什么？"

"小子，不关你的事！"排军吼道。然后，他看着狄公：

"深夜沼泽地里不会有人来往，你可以放心慢慢地收拾他。这个丑八怪，我早就知道他不是好人。"

狄公和乔泰抬着担架出了客栈。胡同里静悄悄的，即便有人注意到不寻常的骚动，也不愿出来管闲事。

他们走了两条街，遇见几个巡夜的更夫。狄公对领头的客气地说道：

"请帮我们将这个人送往县衙，他是危险的罪犯。"

两个壮实的更夫从他们手里接过了担架。

在县衙的正门口，狄公向睡眼惺忪的兵丁递上自己的名刺，请他唤醒潘师爷。两个更夫把担架抬进门楼后便离去。不多时，兵丁提着一盏灯笼回来，身后跟着穿着睡袍的潘师爷。潘师爷吃惊地发问，狄公打断了他的话。

"我把孔山带来了。"他说道，"您先让两个兵丁送到您的办公房，然后去叫滕县令。一切请容我稍后解释。"

两个兵丁将担架抬进潘师爷的办公房之后，狄公让他们去温一壶酒。接着，他和乔泰用排军给的那把刀为孔山松绑，并扶他坐在一张椅子上。狄公把椅子转了个向，让孔山的脸对着墙壁。孔山想抬手剥去嘴上的油灰，但原先绳子勒得太紧，手已经麻木了。他开始呻吟。桌上仅有的一支蜡烛映着他的畸形的面颊和满是疤痕的瘦体。他的脚踝已经肿胀，脚不自然地弯着。

乔泰说道：

"他的肿胀脚踝倒使我有了一个设想。莫非那对相好去妓院时，就是他跟在后面？他会不会装成瘸子？如果真是这样，他一定装得很像。除此之外，他的身高、胖瘦都很相符。"

狄公猛地转身，紧紧盯着自己的亲随。

"唔，"乔泰退缩地说道，"这只是一个设想，不过我……"

"别说了!"狄公大声嚷道。他开始来回踱步,恼怒地喃喃自语。乔泰不悦地望着他,心想自己并没做错事。

狄公停止踱步。他神色严肃地说道:"乔泰,谢谢你,你的话使我明白了真相。我真傻,偏信一方解释……好啦,现在问题解决了。"

他听见走廊里有脚步声,急忙往外走,并示意乔泰留在孔山旁边。

滕县令同潘师爷一样,也穿着睡衣,两只眼睛因缺乏睡眠而红肿。他刚要问个究竟,狄公低声说道:

"请将您的师爷支开。"

滕县令吩咐潘师爷离去后,狄公继续说道:

"按规定,县令不能悄悄审问犯人,所以,滕大人您还是明天在公堂上审问他。不过,这个规定对我不生效,现在就由我来审问。您站在他的椅子后面,不要让他看见您。"

一个兵丁用盘子托着一壶酒和两个杯子走了过来。狄公从他手里接过盘子,回到了房内,然后把一张椅子拖到孔山旁边,拿起酒和杯子,坐了下来。滕县令和乔泰依旧站在桌边。狄公回过头,示意乔泰锁门后,便剥去孔山嘴上的油灰。

孔山用力张开自己的歪嘴。他结结巴巴地说道:"别……别……"

"孔山,我向你保证,你不会受到折磨。"狄公用柔和的劝慰口吻说道,"我是衙门里的探子,刚才在客栈把你从那些残酷的人手中救了出来。来,喝点酒。"他把壶嘴塞到孔山的嘴里,让他吮吸壶里的酒。接着，他解下自己的围领，放在这个一丝不挂的人的大腿上。"待会儿我给你一件干净的衣服，再找个医生给你治脚，好让你睡得香，睡得好。你肯定很累。你的脚踝伤得厉害，对吗？"

这些截然不同于客栈野蛮行径的话语和行为令孔山完全放松了。他开始啜泣，两行眼泪滚下凹陷的面颊。狄公从怀里掏出了一个长长的布包。他打开布包，将里面一把古香古色的短剑拿给孔山看。他以同样的劝慰口吻问道：

"孔山，这把短剑是不是挂在梳妆台上方？"

"不是的，挂在床铺旁边，靠着那把古琴。"孔山答道。狄公又让他从壶嘴里吸了一些酒。

"我的脚踝！"孔山发出呻吟，"痛极了！"

"孔山，别着急，我们会给你治的。很快，疼痛就会消失。我向你保证，你不会受到折磨。以前，他们把你折磨得很厉害，是吗？"

"他们用烧红的火钳烫我身子，"孔山哭诉道，"可我并没有做错事，是那个女人叫他们这样干的！"

"孔山，那事已经过去很久了。如今你杀了一个女人。当然，杀了人就必须偿命，不过，我会想尽办法让你死得痛快。我保证不会让你受到折磨，没人会碰你一根指头。"

"是那个贱女人勾引我的！真的，她勾引我！就像婊子一样勾引我！瞧他们是怎样对待我的，是怎样烫伤我的！瞧我这身伤疤！"

"孔山，他们为何烫伤你？"

"那时我很小,还是个孩子……我从那幢屋子前面经过,那个女人在窗后朝我微笑。她要我进屋。真的,要我进屋。但我进屋后,那女人说,她只是觉得我那难看的模样很好笑……我搂抱她,她大声嚷了起来,我便卡住她的脖子……她抓起一把酒壶向我砸来。酒壶砸碎了,锋利的碎片划破了我的脸,刺伤了我的眼睛。那伤口,你可以从我脸上看到,有多么深!然后,那些男人进来了。她大嚷,说我想强奸她,他们就把我打倒在地,用烧红的火钳烫我的身子……再后来,他们去叫衙役,我设法逃了出来……"

他伤心地啜泣。狄公默默地又让他吸了一些酒。孔山开始全身颤抖,他战战兢兢地说道:

"我发誓……再也不碰女人……这些年来我没碰过一个女人……直到另一个婊子勾引我……我本不想……真的,我只要钱。请相信我的话。"

"孔山,你以前去过县令大人的府邸吗?"狄公不动声色地问。

"只去过一次,也是在午睡的时候。那时候去最好,晚上有守卫的兵丁。我是从秘密通道进去的。她在书房,卧室里没人。我在室内搜索,找到了梳妆台后面的钱柜。后来,我听见有人来了,就从那扇小门到天井,上了屋顶,爬到无人的后街吊了下来。"

"这一次是怎么进去的?"

"从屋顶和天井。我把药粉从那扇小门底下吹进室内,等了一会儿,我再推门进去,发现那个丫鬟已经躺在竹榻上不省人事了。接着我发现她躺在床上,也被麻醉了。这个婊子,居然一丝不挂。我说过,本来我不想干那事,可……我实在忍不住。她干吗不把身子遮盖起来?干吗要像娼妓那样赤裸地躺在那里?她是在勾引我,玷辱我!而且她神态安详,双目紧闭,分明是在向我发出讥笑!我拔出短剑,从她那可恶的乳房插了进去。我要将这个可恶的下流女人碎尸万段,要将她剁……"

他突然停住了。大汗顺着骷髅似的面颊往下淌,迅速流过油腻腻的胸脯。他一面抬起那只独眼,发狂似的盯着狄公,一面继续轻声说道:

"这时屋内什么地方响起关门声,我连忙退到梳妆室。丫鬟依旧不省人事,但走廊里的脚步声渐渐临近。我将葫芦里的药粉尽数吹出,逃到天井,关上那扇小门。然后,我爬上屋顶,跌跌撞撞地往前,直到看见那家茶馆。那时天色尚早,露天茶座只有店小二一人。我对他说我不舒服,便倒在一张椅子上。在喝了几杯茶之后,我有些恢复了。我知道,我得离开这个该死的地方,离开这个羞辱我的地方……我得尽快拿到冷青的钱……远走高飞,洗净身上的污秽。这时,你俩来了。之后你又离去。我仔细观察了你的同伴。你回来后,我又观察你,观察你俩的一举一动。我知道,你俩可以从冷青那里拿到钱,便跟随你俩到了那家客栈……"

"这个我已知道。"狄公打断了他的话,"我还知道你是怎样拿到那本账簿的。你在那个姑娘的房内发现了那本账簿,先撕下几页,今晚又把它偷了出来。现在这一切都不重要了,重要的是,我们如何让你死得轻松。我已想好,将你杀害滕夫人的罪设法定为一般谋杀。你要是承认自己还强奸了她，孔山，你就会受到折磨。他们会判你凌迟之刑。你是知道这刑法的。首先，他们一块块地分割下你的胸脯肉，再……"

"不！"孔山尖声嚷道，"帮帮我！"

"是的，我会帮你。不过，孔山，你得听明白，不折不扣地按我说的去做。你得这样招供：你打听到滕夫人经常去北门外乡下看她的姐姐，于是从天井进去，见丫鬟不在，遂上前敲门。你欺骗滕夫人说她姐姐惹了大祸，要她带十两黄金，不要让任何人知道，甚至对丈夫也不要说，速去商量如何处理此事。滕夫人信了你的话，带上黄金，与你一起从秘密通道离开了县衙。因为是午休时间，街上没有人。你领着她穿过无人的废墟到了沼泽。这时，你要她交出黄金和身上的首饰，她大喊救命，你因为怕人听见，便拔刀威胁，不许她吭声。没想到她想夺你的刀子，两人便扭打起来，不知如何，你将她刺死了。然后你扯下她的耳环，卸下她的手镯，拿起她的裹有黄金的包袱，跑了。那些黄金你花掉了，但那些首饰你不敢处置。喏，这就是那些首饰，届时会出来当作证物。"

他从衣袖取出耳环和手镯，将它们一一拿给孔山看。之后，狄公又说道：

"孔山，你就这样招供，我保证他们不会打你，不会对你施酷刑。你将被斩首，但瞬间就会死，之后，一切烦恼都没了，再也不用担心什么。待会儿他们给你床铺，请医生给你治脚，你就可以舒服地睡上几个时辰。到了明天提审的时候，你招供上述情况。之后，一连许多天，再也没有人会打搅，你可以安安静静地休息许多个日日夜夜……"

这个瘦骨嶙峋的人没有吭声。他的头慢慢地垂到胸脯,已经筋疲力尽了。

狄公站了起来。他对乔泰轻声说道:

"你叫两个兵丁把他送到牢房关起来。务必让医生给他治脚、服药。"他朝滕县令招招手,示意他一道去外面。

滕县令的脸色十分苍白。他刚要喁喁地表示感激,狄公打断了他的话:

"我希望您允许我今晚待在县衙。"

"可以,当然可以!狄大人,一切随您的愿。"滕县令领着狄公走到外面的院子,"狄大人,我真不知说什么才好。"

"我能理解。"狄公冷冷地回答,"请您吩咐潘师爷马上给我派十二个衙役,我要他们立即捕获两个人。一个是这儿的黑帮头子,名叫排军,另一个是名童生,名叫徐梁的小流氓。"

"没有问题。"

滕县令击了一下掌,潘师爷忐忑不安地走了进来。他吩咐潘师爷替狄公准备客房,并听候狄公的捕人命令。接着,他苦笑着对狄公说道:

"狄大人,您若是在这里长住下去,我的牢房怕是要爆满了。"

"明天上午我们提审犯人。"狄公无动于衷地说道,"我请求您一开始就让我一起审理,这样我可以亲自向犯人提问。明天见!"

狄公向潘师爷和乔泰下达命令。而后,一个奴仆领他去大客厅后面的客房。

客房既大又舒畅。他坐在椅子上,漫无目的地看着两个奴仆点亮香案上的银座蜡烛,拉开雕花床铺的帷帘。老管家托着一个装有热茶冷点的大盘子走了进来,身后跟着一个睡眼惺忪的奴婢。这个奴婢把一件干净的睡袍挂到红漆衣架。接着,老管家给他倒了一杯茶,又在侧墙的齐地山水画前燃了一炷香,之后躬身道了晚安,遂离去。

狄公仰靠椅背,慢慢地呷茶。嗣后,他疲惫地抬起左手,从衣袖取出了孔山的吹管。他叹了一口气,将吹管搁在茶几上。他本应该估计到有这种可能的。整个过程中,丫鬟都在酣睡,甚至连滕县令失手打碎花瓶的声响也听不见,而且滕夫人死后神色安详。获知这些事实后,他应该立刻做出判断:她们被麻醉了。而滕县令并没有发作疯病,他是吸入过量的催眠剂晕倒的。孔山逃离前,曾在梳妆室释放了大量的催眠剂。滕县令进入梳妆室,从半开的门缝看见他的夫人躺在床上时,她已经死了。

县衙外依稀响起更夫敲击梆子的声音。再过几个时辰,天就要放亮了。他想,怕是睡不安稳了。

他的视线移往墙角一个精巧雅致的竹书架。他站起身,从上面选了一本缎面精装书,翻开后,他发现这是滕县令的豪华本诗集。他鄙弃地哼了一声,放了回去。接着,他随意抽了一本,坐了下来。这是一本佛经书。他慢慢地诵读开头几句:

生乃罪孽,活乃罪孽,死而不入轮回,乃脱离尘世苦海之独径,是谓大圆满。

他合上书。作为孔夫子的信徒,他并不赞成佛教的观点。不过他刚才诵读的那几句,恰好是他此时心境的绝妙写照。

他坐在那里,书放在膝上,渐渐入睡。

十六

天刚放亮,狄公尚未梳洗完毕,乔泰即来报信。他对正在梳理胡须的狄公说道:

"排军和童生已被锁入县衙大牢。起初秃子等人拔刀护着排军,一场恶战眼看就要发生。但排军喝退了他们:'我不是说过,不许动刀子?我走了,秃子做你们的头。'然后,他让衙役锁上镣铐。"

狄公点了点头。他说道:

"我再派你干件事。你向兵丁借匹马,赶往北门外滕夫人姐姐的宅邸,查明滕夫人的另外两个姊妹住在哪里。还有,回来时,找家好的绸布店,买两套贵夫人穿的高级绸衣。这是买绸衣的银两。"他给了乔泰十两纹银,继续说道:"要是你回来时提审还未结束,就站在我的身后观看审讯。"

乔泰立即告辞,为的是能赶回来看提审。狄公饮了一杯热茶后,便去潘师爷的办公房。

潘师爷说道,滕县令已经吩咐把上午升堂的准备事宜交给狄公。狄公问道:

"您是否写好了发现葛齐元尸体的案呈?"

潘师爷递给狄公几页公文纸。狄公从头至尾仔细阅看,改动了几个句子,把此事的功劳全归于潘师爷。然后,他签名盖章,一面把案呈还给潘师爷,一面说道:

"滕县令请我一同审理。首先,他亲自审问孔山,我只在罪犯试图抵赖时才插言。然后,我独自审问葛夫人。再后,滕县令和我一道审问钱庄掌柜冷青。这里有两张金票,面值均为三百五十两黄金。这些黄金系冷青侵吞葛齐元的赃款,约占总数的三分之二。它们理应归还葛府,你在收款人一栏填上葛府。"然后,狄公又从袖中拿出一个沉甸甸的布包。这个布包是乔泰在孔山的衣袖里找到的。狄公打开布包,继续说道:"这里还有四根金条,总计重二百两。本来是葛齐元的备用金,后来被孔山窃去了,所以也应归还葛府。冷青还有三百两黄金的赃款,存在天余金铺。你暂时充公,等适当的时候也归还葛府。"

潘师爷一一写下收条。他一面把收条递给狄公,一面带着感激的笑容说道:

"大人,您在如此短的时间里就查明了罪犯,还追回了赃款,真是不可思议!"

"那是因为运气好。"狄公含糊地回答,"您能否借给我体面的袍服和帽子,供我上公堂之用?"

潘师爷叫来了一个书吏。这个书吏回来时拿着一件蓝色的花缎长袍和一顶饰有金边的绒帽。狄公罩上长袍,将原来的旧帽塞进衣袖,戴上那顶金边绒帽。在完成得体的打扮之后,他回到客房,吩咐管家准备简单的早膳。

他放下筷子,到了客房后面的小花坛,反剪双手,开始绕着花坛漫步。他觉得十分疲倦。终于,县衙门楼里的铜锣敲了三下,上午的升堂要开始了。

滕县令正在公堂后的公事房内等候狄公。他穿着绿官袍,戴着黑纱帽。两人一道掀开绣有麒麟图案的帷幕升座。滕县令坚持要狄公坐在他的右侧。

昨晚葛府发现葛齐元的尸体,以及葛夫人等人被捕的消息已经传遍了整个县城,所以公堂上挤得水泄不通,许多人无法在里面挤占一个位子,只好站在门外。

滕县令宣布升堂。接着,他宣布狄公与他一同审理,并填写有关表格。他拿着毛笔问:

"狄大人,您希望一同审理几日?"

"一天,"狄公答道,"也即今日。"

滕县令在案格上一一签章,然后递给狄公。狄公接过后也一一签章。接着,滕县令下令将孔山带上公堂。孔山受伤的脚踝已经上了夹板,两个衙役不得不搀扶着他的臂膀。他的面容看上去如同死了一般。狄公想起在露天茶座第一次看见孔山时乔泰说过的一句话:他就像一条刚脱壳的小爬虫。

滕县令依照惯例问了孔山的姓名、职业之后,述说他犯有谋杀罪和盗窃罪。孔山按照狄公教的话一一招供。凡是他忘了的地方，狄公通过巧妙的发问，让他予以补正。

接着，书吏宣读孔山的供词。孔山听了后说一字不差，并在上面画押。滕县令宣布上述两罪成立，判处孔山斩首，便将他带回大牢。孔山将在牢中等候刑部下达批文，秋后问斩。堂下百姓当中响起一阵嘈杂声，有人痛骂罪犯凶恶，有人对滕县令表示同情和钦佩。

滕县令拍了一下惊堂木。狄公对他轻声说道：

"请马上带葛夫人。"

于是滕县令下令带葛夫人。不多时，女牢头领着葛夫人出现在公堂。此时的葛夫人只在脑后盘了个简单的发髻，上面插了把绿玉梳子。她穿着素白的袍服，既没搽胭脂，又没抹口红，看上去就像一个庄重的主妇。当她慢慢地跪在堂前时，狄公心想自己是否弄错了。狄公说道：

"葛夫人，昨晚我和潘师爷一道，当着你的面，从你丈夫卧房的地底下掘出了他的尸体。人证俱在，不容抵赖。现在，我要你从实招来，本月十五日晚上，你丈夫从花园凉亭离席进屋后，情况究竟怎样。否则，将重重治罪。"

葛夫人抬起头，以柔和、清晰的嗓音说道：

"小妇人有罪，小妇人没有说实话。望大人念小妇人为孤苦伶仃的寡妇，恕小妇人罪过。"

她停了一会儿，人群中响起细微的同情声。滕县令拍了一下惊堂木，喝令肃静。葛夫人继续说道：

"提起那情景，我不由得痛苦万分。为此，我不知做了多少噩梦。那天晚上,我从自己的房间去他的卧室,想看看奴婢是否忘了给他铺床褥。我站在茶几旁边,突然觉得房内有人,刚一转身,床帘掀开了,窜出一个男人。不等我叫喊,他就举起了一把亮晃晃的刀子。顿时,我吓蒙了。他一步步走来……"

"夫人,那个男人长得什么样子?"狄公打断了她的话。

"大人,他的脸上系了一条薄薄的蓝纱巾。他长得又高又瘦,穿着——我当时吓蒙了,没留意——对了,好像穿着蓝衫,一副工匠打扮……"

狄公点点头,她继续说道:

"他走到我身边,低声喝道:'你要是敢发出一点响声,我就……'他把刀尖抵住我的胸部。随后,他继续压低嗓音威胁道:'很快,你的丈夫就要进屋了。你要装作若无其事的样子和他说话,帮他做事。'不一会儿,屋外响起了脚步声。声音由远至近,渐渐到了平台。那个男人迅速跳到门边,贴靠墙壁。我丈夫进了门,看见我,刚要说话,那个男人突然将刀子刺入他的背部……"

她用双手捂住脸,开始啜泣。狄公示意班头给她端来一碗浓茶。她接过茶后,一饮而尽,继续说道:

"我当即晕死过去。等我醒来,发现丈夫的尸身不见了,只有他的袍服和帽子放在椅子上。接着,那个男人穿上他的袍服,戴上他的帽子。那副脸孔,那副遮着纱巾的可怕脸孔,居然出现在我所熟悉的丈夫的袍服上方……还有那鲜血,纱巾上满是鲜血……那个男人低声喝道:'你丈夫死了,自杀了,懂吗?你要是胡言乱语,我切断你的喉管!'他蛮横地把我朝门外推去。

我跌跌撞撞地顺着无人的走廊回到了自己的房间,还没来得及躺下,就听见奴婢们在外面花园大叫,说我丈夫跳到河里淹死了。我想说实话。大人,真的,我想说实话。然而,一想到那副遮有面纱的脸孔,想到面纱上的污血……我就害怕了,于是打消了上公堂的主意。大人,我知道我有罪,但我怕……"

她再次啜泣。

"夫人,你可以退到一边了。"狄公说道。女牢头把葛夫人扶了起来。她依旧站在堂前左侧,靠书吏的案桌而立,两眼茫然望着前方。狄公俯身对滕县令说道:

"请现在传徐梁上堂。"

两个衙役将徐梁带到堂前。他穿着短褂,领口敞开,下身是蓝裤。在狄公眼里,他依旧像凤凰客栈第一次见面时那样乖戾。童生看见狄公,愣了一会儿,然后把目光移向葛夫人。葛夫人对他冷目而视。他慢慢地在堂前跪下。

"将你的姓名和职业报来。"狄公说道。

"小人姓徐,名梁,"他不慌不忙地回答,"为本县童生。"

"好一个童生!"狄公怒声说道,"你既为读书人,为何犯下如此大罪?刚才那个夫人已经全招了!"

"小人不知大人指的是何罪,"童生镇静地回答,"也根本不认识那个妇人。"

狄公颇感意外。他满以为,童生看见他坐在台上,又突然和葛夫人碰面,马上就会招供的。显然,他低估这个小伙子的能力了。他冷冷地说道:

"徐梁,你起来,好好看看那个妇人!"然后,他问葛夫人:"这个男人是不是杀害你丈夫的凶手?"

葛夫人朝童生看了一会儿。两人的目光刚一接触就分开了。之后,她不慌不忙地回答:

"大人,我无法辨认。我说过,凶手脸上蒙着纱巾。"

"我是看你丈夫已故,"狄公说道,"想千方百计地给你洗净罪过,因此带上一个嫌疑犯让你辨认,哪怕他矢口抵赖。既然你无法辨认,也就无法证明你刚才说的是事实,我们只好拿你问罪。葛夫人,本县现在认定你和一个目前尚不知姓名的男子共同谋害你的丈夫。班头,释放证人徐梁!"

"等等!请让我想想!"葛夫人嚷道。她再次望着童生,抿了抿嘴唇,犹豫片刻后说道:"嗯,个头差不多……相貌嘛,我当然说不上……"

"夫人,这样还不够!"狄公迅即说道,"你必须提供具体的证词。"

"好的,"葛夫人以讨好的口吻说道,"既然纱巾上满是污血,那么……"她突然望着狄公,说道:"他要真是凶手,头上应该有伤疤。"

狄公朝班头做了个手势。班头夹紧童生的两只臂膀,将他的头猛地往后一拉。额发落下去了,露出一条十分明显的疤痕。

"正是他。"葛夫人轻声说道,双手捂着自己的脸。

童生想挣脱自己。他气得脸色发紫,破口大骂:

"好一个狠毒的娼妇!"

"这个人疯了!"葛夫人嚷道,"大人,别让这个乞丐胡言乱语。"

"乞丐？"童生尖声叫了起来。"难道不是你乞求我，乞求我爱你的吗？只可惜我当时太傻，没有看清你的狼心狗肺。原来你是利用我，利用我杀死你的丈夫，等拿到他的钱之后再将我甩掉。毫无疑问，正是你拿了那二百两黄金。"

葛夫人刚要申辩，童生继续嚷道：

"你不用抵赖！听着，爱我的年轻姑娘多着呢，我是出于无奈才同你睡觉。你的年龄比我大一大截，想到这个我就恶心。但是，我太傻……"

"徐梁，你怎么能说这种话？"葛夫人哭喊道。她抓住身后的桌沿，支撑自己的身子，然后继续说道："你应该知道，我是爱你的……"她的声音渐渐低了下去。过了一会儿，她柔声说道："不过，我也许感觉到……是的，我一直有这种预感……但我不想承认，总以为你其实也是爱我的……"突然，她发狂似的大笑。"甚至刚才，我还以为你会为了救我而牺牲自己呢！"笑声变成了啜泣。她抹了一把眼泪，抬起头来望着狄公，一字一句地说道："这个男人是我的相好。他杀了我的丈夫。我是他的同谋。"她再次看着童生，此时他完全惊呆了。葛夫人柔声说道："徐梁，咱俩……终于……走到一起了。"

她靠着案桌，闭上眼，不停地喘气。

"徐梁，还不快快招来！"狄公说道。

童生吃惊地摇头，嘟囔道：

"这个女人……愚蠢的女人……毁了我！"

衙役们粗暴地让他跪下来，他用嘶哑的嗓音说道：

"不错，我杀了葛掌柜，不过是她让我干的，我只是想在那里行窃。客栈里的人老是嘲笑我，说我没有一点用处。我看到葛府墙外有棵树，心想进去行窃应是易如反掌。我要让那些人知道，我并不是吃素的，我要露一手给他们瞧瞧。大约两个月前，我打听到葛掌柜要外出几天，于是轻松地翻过墙，进入一个房间，暗中摸索。突然，我撞着了一个女人。我害怕极了。天哪，第一次行窃就如此晦气，他们不是说主人外出，厢房无人吗？我抓住她，用手捂着她的嘴。月亮出来了，两人相互对视。我紧张地威胁说：'把钱交出来！'这时，我觉得她的嘴唇在我手心蠕动，就把手移开了。谁知她一点都不害怕，反倒笑了起来。那天晚上，我就在那里过夜，直到天放亮，她才给了我一些钱放我走。"

他停下来，用手抹了抹脸。狄公说道：

"葛夫人，你有何话要说？你要是不吭声，本县就认定他说的是事实。"

葛夫人一直盯着童生。此时，她无力地摇了摇头。

"继续说！"狄公对童生喝道。

"后来，我经常和她相会，她和我说了很多她丈夫的事。这个老头很有钱，也很吝啬，从来不肯多给她钱。我说我不喜欢这样喂小鸡似的。然后她说，她丈夫的钱柜里总是放着二百两黄金，我们可以将他除掉，带上那些黄金远走高飞。二百两黄金的确很诱人，但谋杀不是那么简单的。我说，要干就干漂亮，需从长计议。然而，她不断催我，说对现在的生活已经腻透了。于是，我想出了一个计策。我交给她一盒砒霜，要她每隔一天，在她丈夫早晨喝的茶里放上一点,让他闹胃痛。同时,我还给她一包止痛药。那个老笨蛋见她小心伺候,还不知有多感激呢。这一切都是他自作自受,谁叫他娶了一个如此下流的女人!"

葛夫人轻轻地啊了一声。童生没有理睬她,继续说道:

"几天前,她对我说,算命先生断言本月十五日她丈夫有难。当然,这完全是胡言,不过我们倒可以利用它来实施我们的计划,让它成为一种自杀的动机。于是她哄骗葛老头在那天晚上请客吃饭。在他去凉亭吃饭前,她让他服了较多的砒霜。我翻过了墙头。当时府内的奴仆均被派到另一侧厢房帮厨。我们把床铺移开,在地上挖洞,再把床铺移回原处,使撬起的地砖和挖出的泥土不被看见。接下来,我们只有等待。当时我很害怕,然而她却格外冷静。终于,我们听见了脚步声。我闪靠墙壁,老头走了进来,她甜蜜蜜地说:'怕是你的胃痛又犯了。来,给你服药。'老头说:'你真好,总是对我这样体贴。可那几个朋友还笑我是性情乖张。'从他的背后,她望着我,并点了点头。我想,此时不动手,更待何时!便跳上前去,将刀子戳进他的后背。幸好,没有太多的血。我们扒下他的袍服,她发现在他的袖子里有一个封了口的信封,就把那个信封塞在我手里,说:'拿着,说不定里面装着银票。'于是我就将信封放进了衣袋。接下来,我们把老头的尸体搬进衣箱,又将衣箱放入洞内。我铲好土,铺好地砖,同她一道把床铺移了回去。当我穿上老头的衣服时,她突然抱住我,说:'与我亲热一下。'我回答说,还得准备下一步呢。这是什么时候,她居然想干那事。我戴上老头的帽子,这时,她说:'月亮出来了,他们会认出你的。'她拿起一把剪刀，拨开我的头发，在头皮上划了一道口子。顿时，我头上血流如注。我抹了些血在脸上，跑进了花园。在凉亭里的人清楚地看见我之后，我向河岸跑去，跳入了河中。我从小在河边长大，对河道的情况很熟。不过，要知道，河水很凉，又穿着袍服，并不是那么容易。当眼前出现一片灌木丛时，我高兴地爬上了岸。接着，我捆好老头的衣服，又将他的帽子扔进水中，并爬进灌木丛拧干自己的衣服。"

他说到这里，得意地看了看身后。狄公知道，这个误入歧途的小伙子，正沉浸在自己的叙述中，暂时忘却了恐惧，而在为自己的所谓才干感到骄傲。此时，他实现了所谓的理想，当了一个凶残的罪犯。狄公已经获得了所需的一切，本可责令童生停止叙述，在供词上画押。然而，他决定让他继续说下去。他确信，虽然这个小伙子卑鄙地杀害了一个没有自卫能力的老头，但教唆他的却是那个女人。世上有许多罪恶，比单纯的谋杀更可恨。瞻望未来，自己任重道远。

童生要了口茶喝，又吐了口唾沫，继续说道：

"我回到客栈，打开了那个信封，但里面根本没有银票，只有一本写满数字的账簿。我想，就把这本账簿拿给她看，说不定她能据它找到老头在别处存放的银票。第二天，我去见她，我们一起打开钱柜，发现里面并没有二百两黄金。当时我应该想到她其实早已把黄金拿走了。可是我没这样想，还傻乎乎地帮她到处寻找。当然，我们一无所获。我给她看账簿，但她怎么也看不明白，我们只好作罢。她说再去找找那些黄金，肯定在家里，要是找不到，她就变卖首饰，一旦拿到所需的银两，两人就走。我想,这样也好,这个县城我已经腻透了。等上了路,我把她卖给妓院,说不准能换回一根金条。虽说她已是徐娘半老,但还懂得讨男人的欢心。我回到客栈后想扔掉那本账簿,但转念一想,觉得还是留着,等日后还可以找出来好好琢磨。于是,我把账簿交给客栈的竹香,让她替我保管。要知道,她也喜欢我。平时那些男人总是在我的房内乱转。我想,要说的就这些。"

狄公朝书吏做了个手势。书吏起身,高声宣读他所笔录的童生供词。童生说句句是实,并在供词的每一页画押。随后,班头把供词拿给葛夫人,她也在供词上一一画押。

狄公对滕县令说了几句话。滕县令清了清嗓音,大声宣布:

"本县现已查明,葛氏梅花并奸夫徐梁,共同谋害绸布商葛齐元,罪当处死。等刑部批文下达时,将会根据各自罪行决定执行方式。"

他拍了一下惊堂木,葛夫人和童生便被带离公堂。

十七

　　人群中响起嗡嗡的议论声,滕县令不得不连敲惊堂木。狄公突然发现面前有杯茶。他回头一看,见乔泰站在旁边。显然,他已来了一些时候了。他的神情显得沮丧。狄公心想,乔泰的感情经历总是这么不顺利。他呷了几口茶,对滕县令说道:

"请宣布提审钱庄掌柜冷青。"

　　班头去牢内带冷青时,狄公取出袖中的账簿,递给滕县令,说道:"这就是徐梁说的那本账簿。冷青在上面亲笔记录自己骗取了葛齐元多少钱财。"

　　冷青陈述了自己的姓名和职业之后,狄公说道:

"你可知罪?你长期利用合伙人的身份,从已故葛齐元那里骗取了大量钱财,黄金总数达一千两。这些赃款都由你本人记在这本账簿里。本县将细查一切有关单据，确立犯罪事实。不过，现在你可以从实招供。"

"我承认我骗了葛齐元的钱。"冷青的语音显得很疲惫，"我对不住自己的合伙人。不过我终于知道，他的死不是我造成的，这颗心终于能放下了。"．

"你同样对不住自己的债主！"狄公冷冷地说道，"那天，你根本没有把自己的债务当一回事！待借契到期后，各个债主可以向本县递交诉状，要求索还。"他转身看着滕县令，问道："我想将罪犯关押在牢，等细查一切有关票据之后再审。您看如何？"

"如此甚好。"滕县令回答。"冷青，本县认定你犯有欺诈罪，暂且以此罪监禁。一俟调查完毕，再提审定罪。现在将囚犯押回牢中！"

他连拍三次惊堂木，结束了上午的升堂。

两位县令掀开绣有麒麟的帷幕去办公房，后面跟着潘师爷和乔泰。

滕县令带着倦怠的笑容说道：

"狄大人，多亏您帮我解决了一切难题。我现在去书房换装，您在此休息片刻后，请来书房和我一道饮茶。既然我们不用去府衙，那么有的是时间。这几天我们好好安排一下，四处游一游。我很想带您去山中观赏一些名胜古迹。"

说完，滕县令便施礼而去，潘师爷也跟着起身告辞，因为他得去自己的办公房将提审记录整理成公文，上报府衙。狄公刚在椅子上坐下，乔泰便把一个大花布包放在桌上，说道：

"大人,这是您要买的绸衣,件件都是上等料子。我去了滕夫人姐姐住的庄园。那地方真不错,很气派,那万贯家产全属于她一人。她只有滕夫人一个妹妹。奴仆们还说,冷德经常去庄园居住。他在那里临摹了几幅风景画,这些画全挂在客厅。对于他的死,他们都感到很伤心。"

狄公点点头。他捋着胡须陷入沉思。过了一会儿,乔泰问道:

"大人,您怎么知道童生杀害了葛齐元?"

狄公猛地从沉思中惊醒。

"唔,你问的是童生?他至少有四点值得怀疑:其一,你和葛夫人的事表明,她对丈夫不忠。顿时,我推测她应该有个相好,而这个相好很可能与葛齐元的死有关。事实上,那天晚上葛夫人等的就是童生。但童生未能赴约,因为他要领我去沼泽地。其二,他在路上对我夸口说,要独自做一笔大买卖。后来,他又对你说,马上就要赚二百两黄金。而冷青和孔山都说过,葛齐元的钱柜里有二百两备用黄金。其三,那天晚上,我们刚到凤凰客栈,秃子挥拳朝童生脸上狠狠一击,童生脸上便鲜血直流。这时秃子说,他发现童生的额头有一道刀疤。不过,最有用的是第四点,也即最后一点,一下子我把所有的疑点都联系起来了。也就是孔山说自己是在竹香的床铺后面发现了冷青那本被水浸过的账簿事。我已经注意到竹香喜欢童生,当孔山说那句话时,竹香朝我露出了恳求的目光。这表明她确实替童生保管了那本账簿,但不想让排军知道,因为排军只愿意她陪伴自己和秃子等少数可靠的朋友,不许他人沾边。当然,到外面接客除外。啊,差点忘了！排军还在牢里。你吩咐班头把他带到这里。"

班头带来排军,让他跪在狄公的座椅前面。狄公示意班头退下,对排军道:

"老弟,站起来。咱俩谈一谈。"

排军不悦地蹙眉盯着狄公和乔泰。他皱了皱眉,讥讽地说道:

"原来你真是抓贼的,他是你的走狗。这年头,究竟能不能相信人?"

"我之所以乔装打扮,"狄公说道,"是因为需要你帮忙破获一个棘手的案件。你确实帮了我很大的忙,我对你的信任深表感谢。我注意到,你对手下纪律严明,只让他们干一些乞讨之类的事,不许他们违法乱纪。我还向军务处打听了你在军队时的情况。"

"真想不到!"排军嘟囔地说道,"这简直是要我的命。反正,正人君子不会干这种事。"

"别说了,好好听着!"狄公不耐烦地说道,"我想好了,你应该回军队。秃子按你说的做他们的头。这里有一封信给总兵府,信里说,鉴于你为县令做了很多有益的事,特推荐你重新入伍,并晋升尉官。现在,你就拿着这封信去总兵府募兵处。"

"最好把信交给毛参军。他了解你。"乔泰插话。

"那么你就把信交给毛参军。"狄公继续笑着说道,"你重新入伍后,应该戴上头盔,披上铠甲,佩上宝剑,去看竹香,让她继续留在你身边。刘尉官,她是个难得的姑娘,而且她也需要你。"他从桌上拿起乔泰替他买的一包绸衣,递给排军,说道:

"这是我送给她的小礼物。我要她打扮得像一个尉官的妻子。请向她表达我的歉意,我无法履行先前的诺言。"

排军把信塞在腰里,又将衣包夹在满是肌肉疙瘩的胳膊底下,然后吃惊地望着狄公。突然,他的脸上一亮。"天哪,尉官!"他说着,转身冲了出去。

"这就是您捕获他的缘故。"乔泰咧嘴而笑。

"你想想,他会自愿来县衙吗?"狄公问道,"而且我也没有时间去找他,我们马上就要动身离开这里了。你派一个衙役去飞鹤客栈,把我们扔在那里的衣服取回来,然后吩咐马夫给我们挑选两匹好马。"

狄公即刻起身脱去官袍、官帽,然后戴上自己那顶旧的黑帽,离开办公房,穿过中心大院,到了滕县令的私宅。

十八

老管家前来迎接狄公,领他进了书房。

滕县令已经换了便服。他请狄公一道在木榻坐下,又吩咐老管家离开书房,这不禁使狄公想起两人第一次会面的情景。滕县令给狄公倒茶的时候,注意到这位同道正望着原先立靠漆画屏风的那面墙壁出神,于是,他苦笑着说道:

"我已经叫人把漆画屏风搬到储藏室了。您一定会明白,因为它给我太多的……"

狄公猛地放下茶杯,厉声说道:

"求求您,别再重复那个漆画屏风的故事。一次已足够了。"

滕县令见狄公突然发怒,愣了半晌。随后,他问道:

"狄大人，我一点也不明白您的意思。"

"我的意思一清二楚。"狄公冷冷地回答，"那个故事令人特别伤感，您也讲得格外生动，我听了之后可谓感慨不已。不过，它从头至尾都是编造的。仅举一例，您已故的夫人只有一个姐妹，可您却说成三个。"

滕县令的脸色发紫。他想说些什么，但半天吐不出一个字。狄公站起身，朝敞开的窗子走去。他反剪双手，注视着窗外摇曳的青竹枝叶，然后继续背朝滕县令，说道：

"您所谓对夫人银莲的爱，也同漆画屏风的故事一样，是编造的。其实，您只爱一个人，那就是您自己。当然，还有您的诗名。您是一个极端自负、极端自私的人，而且绝没有任何疯病。不过，我怀疑，这种个性使您在另一方面造成了欠缺。迄今，您没有育得一男半女，也没有另娶妻妾。您利用这个欠缺制造了'生死伉俪'的虚名。我虽厌恨通奸的女人，不过，我敢说，她作为您的夫人，生活也是非常不幸的。"

狄公停了停。他只听见身后的滕县令在急促地呼吸。

"有一天，"狄公继续说道，"您开始怀疑自己的夫人与年轻的画家冷德有不正当的关系。她想必是在姐姐的宅院和他相识的。我想，两人之所以相互产生好感，是因为彼此的生活都有阴影。他知道自己活不长，而她嫁给了一个冷酷的丈夫。您为了证实自己的怀疑，悄悄跟踪他们到了西门附近的风流之地，窥视他们的一举一动。您虽竖起围领遮挡自己的脸，但跛脚仍给鸨母留下了深刻的印象。潘师爷曾告诉我，大约在那个时候，您扭伤了脚踝。您利用暂时的跛脚极其巧妙地掩饰了自己的身份，因为旁人通常只注意跛脚，而忽略了其他特征。而且一旦扭伤痊愈，您也不再跛脚。起初，我根本没有想到是您。直至昨晚，我听到随从乔泰对孔山扭伤脚踝发表了一点看法，又联想起潘师爷的话之后，才恍然大悟。"

"当今天下太平，女子的贞操关涉三纲。依大唐律令，奸妇、奸夫一并处死。本来，您已拿到真凭实据，可以将两人定罪处死。倘若您不愿亲自出面，还可以上报州府，由刺史将两人斩首。然而，您的虚荣心阻止了您这样做，因为您不愿看到精心炮制的'生死伉俪'的美誉毁于一旦，不愿让旁人知道您的夫人不忠。您决定不露声色，但内心已开始酝酿杀害您夫人的计划。这个计划既能惩罚她的不忠，又能维护'生死伉俪'的美誉。当然，前提是不能担当谋杀的罪名。您从祖父的疯病和漆画屏风中得到启发，构筑了一个十分巧妙的计划。您想必独自坐在这个书房苦心思考了许多个夜晚。也许就在那时，您的夫人正在她姐姐的宅院里和情人相会，但您毫不难受，因为您已经对她不感兴趣了。而且，我认为您恨她，这缘于她真正有诗才，您从她的作品中窃取了佳句。您不愿她的诗才显露，所以阻止她的诗集刊刻。不过我曾看了她的手稿，所以我敢说，您永远也不能达到她那样的诗境。"

"您虚构了一个绝妙的故事。这故事具有种种轰动的因素，能在全国各地的文人圈内流传，赢得羡慕和同情。可恨的家族疾病，神秘的古老屏风，浪漫的生死爱情——这一切我开始时是确信不疑，并为之深深感动。倘若一切按计划发展下去，您会在一次精心伪装的疯病发作中杀死自己的夫人，然后到刺史大人面前自首。他当然会赦免您的罪,并让您提前告退,享受同样的俸禄。这样您就可以用余生进一步构筑自己的诗名。因为您对女人不感兴趣,所以不会续弦。您将忠实地悼念自己的夫人直至终老。

"毫无疑义,您对冷德也有同样巧妙的复仇计划,只是您还没来得及实施,他就死了。对于他的死,您的夫人悲恸万分,而您却幸灾乐祸。我听说过去的两个星期里,您显得格外高兴,但是,您的夫人却病倒了。

"是孔山杀害了您的夫人。她是在安详中死去的,根本没意识到是怎么回事。就在孔山将药粉尽数吹出后,您跨进了梳妆室,所以您也被麻醉了。当您醒来时,以为是自己杀死了她。对此,您并不感到忧虑,您所担心的是,由于日夜酝酿计划,自己大诗人般的天才头脑受到了损伤。正当您为此惶惶不安的时候,我来拜访了。您此时已无心想到去实施漆画屏风的计划,因此惶惑中,您愚笨地向管家撒了一个谎,说您的夫人去看她的姐姐了。接着,您又匆匆地将我打发走。但是,升堂过后,您平静下来,意识到我来威平是天赐良机,因为这等于给您提供了一个能认同漆画屏风故事的证人,提供一个能陪您去见刺史的同僚,其证词无疑会让此事增添更多的悲剧色彩。于是,您派班头召我去听您讲述催人泪下的故事。

"然而,班头没找到我。您感到极其失望,因而又恢复到原先的心境,再次怀疑头脑是否受到损伤,怀疑计划能否奏效。此时,奴仆们对卧房的门一直锁着感到纳闷,里面的尸体也开始成为您的心病。于是您不假思索,贸然地将您夫人的尸体搬到沼泽。

"那天深夜,我终于来了。您绘声绘色地陈述了自己的经历,自信心又恢复了。然而您感到十分失望的是,我开始谈论一些疑点,暗示您可能并没有杀害自己的夫人。当时您对我的话不知有多反感。不过,您已经愚蠢地把尸体搬到沼泽,心想我也许能有一个好办法将此搪塞过去。因而您同意推迟面见刺史,并放手让我去找真正的凶手——对此,您确信是子虚乌有。

"如今案情已真相大白,一切变得对您十分有利。固然您没有获得亲手杀死自己夫人的满足,却造就了一个悲剧色彩更浓的英雄——您心爱的夫人被凶残地杀害了!我不怀疑在今后的几年里,您的诗名将会大振。漆画屏风的故事是夭折了,生死伉俪的故事却广为流传。尽管您的诗艺没有长进,但人们会说,这是由于您遭受了那个沉重的打击而变得心灰意冷。大家都会同情您、称赞您,甚至对您的评价比以前更高。如果您成为全国闻名的诗界泰斗,我不会感到惊讶。"

狄公停了一会儿。随后,他疲惫地结束了自己的话:

"滕大人,以上就是我要向您说的话。当然,有关您的一切我会严守秘密,只是别指望我再读您的诗了。"

一阵长时间的沉默,狄公只听见窗外青竹枝叶的瑟瑟响声。终于,滕县令说道:

"狄大人,您完全误解我了,我并非不爱自己的夫人。对于她,我是爱得很深的,只是我俩没有子女,感到美中不足。她的不忠对我是个残酷的打击,我为此伤透了心。事实上,这事已经把我推到了疯狂的边缘。正是在那些极度失望的日子里,我想象出了漆画屏风这个可怕的故事。如您刚才所说,我完全有权杀死自己的夫人,但我没有这样做。既然如此,既然孔山的招供已使案情真相大白,那么您对我说这些话就是多余的了。即便您知道漆画屏风的故事不是真的,也应该可怜一个充满幻觉的人,而不应该像刚才那样,抓住我的不足,极尽暴露、嘲讽之能事。狄大人,我对您感到极度失望,因为在我的心目中,您向来仁慈,富有正义感。然而,仅仅为了证明自己的聪明而羞辱我、贬低我,这不能说是仁慈的行为。而依照一些没有根据的荒唐推论,污蔑我恨自己的夫人,粗暴地论及我的个人生活,这也不能说是正义的表现。"

狄公转身面对滕县令。他以犀利的眼光盯着这位同僚,冷冷地说道:

"我说话向来以事实为根据。您第一次去西门附近的风流场所是完全正当的,因为必须核查自己的夫人是否真的和他人通奸。假如您当时冲进房内将他俩杀死,或者跑出去自杀,或者做出其他任何一种过激的举动,我都会相信您爱自己的夫人。但是您回到了县衙,而且进行了第二次盯梢,这就暴露了您不光彩的人格,而且为我提供了所需要的全部证据。告辞!"

狄公施礼而去。

只见乔泰牵着两匹马在县衙大院等候。

"大人,我们真的要动身回蓬莱?"他问道,"要知道,您才来了两天。"

"够长了。"狄公简短地回答。他跃上马背,两人骑着马出了县衙。

他们从南门离开县城,沿着沙石大道策马奔驰。忽然,狄公察觉袖中有样东西在动。他勒住马,将那东西从袖中摸了出来,发现是最后一张印着"牙人沈默"字样的红色名刺。他把这张名刺撕成碎片,盯着看了一会儿,用力一抛。

那些碎片在马后飘了一阵子,然后同尘埃一道落到地面。